LA

FLEUR DE MAI

CONTES ET ESQUISSES

PAR

Mme HARRIET BEECHER STOWE,

AUTEUR DE L'*ONCLE TOM*

Traduit par Mme Sophie DES NOS

Prix : 75 cent. l'ouvrage complet.

PARIS,

DESLOGES, EDITEUR, RUE CROIX-DES-PETITS-CHAMPS, 4.

1853.

Paris, impr. de Pousmielgue, Masson et Cⁱᵉ, rue Croix-des-P...

FLEUR DE MAI

CONTES ET ESQUISSES

PAR

Mᵐᵉ HARRIET BEECHER STOWE,

AUTEUR DE L'*ONCLE TOM*

Traduit par Mᵐᵉ Sophie DES NOS

Prix : 20 centimes.

PARIS,

DESLOGE, EDITEUR, RUE CROIX-DES-PETITS-CHAMPS, 4.

1853.

Paris, impr. de Pousvielgue, Masson et Cⁱᵉ, rue Croix-des-Petits-Champs, 29.

LA FLEUR DE MAI

CONTES ET ESQUISSES,

PAR

M⁽ᵐᵉ⁾ HARRIET BEECHER STOWE,

AUTEUR DE L'*ONCLE TOM*.

Traduit par Mme Sophie DES NOS,

LA TANTE MARY.

Puisque les esquisses de caractère sont à la mode, je prends aussi mon crayon pour vous faire rire, quoique je n'ose répondre de rien, pas même de ne pas vous endormir.

Je suis maintenant un gentilhomme entre deux âges — vieux garçon au par dessus — et, ce dont il faut tenir note, un homme sans prétention, d'un esprit modéré. De peur cependant que les dames, ou quelques-unes d'entre elles, ne s'arment, dès ces premiers mots, de préventions contre moi et ne les poussent à l'extrême, je ferai simplement remarquer, en passant, qu'un homme peut arriver à l'état de vieux garçon aussi bien pour avoir trop de cœur que pour en avoir trop peu.

Il y a bien des années — avant, peut-être, qu'aucun de mes lecteurs ne fût né — j'étais un *bon-à-rien* d'enfant, précisément de la malheureuse espèce de ceux-là qui sont toujours dans le chemin de chacun, et qui semblent prédestinés aux malencontreuses aventures.

J'avais, pour veiller sur mon éducation, un père, une mère et toute une armée de grands frères et sœurs. Mes parens ressemblaient fort à la plus grande partie des autres êtres humains, qu'on ne saurait placer ni parmi les bons anges, ni parmi les mauvais, mais qui se contentent de vivre dans une région moyenne.

Comme je l'ai déjà insinué, j'étais, au milieu de ma famille, une espèce de souffre-douleurs, et celui sur la tête duquel tous les méfaits domestiques étaient immanquablement rejetés, et qui portait la peine de tous les délits, soit que j'en fusse l'auteur ou qu'ils me fussent imputés.

Je dois avouer que ma manière d'être habituelle donnait malheureusement un fondement solide et sérieux à toutes les accusations dont j'étais l'objet. Soit que j'aie eu la chance néfaste de naître sous une mauvaise étoile, soit que quelque fée malfaisante m'ait jeté un charme dès le berceau, il est bien certain que je fus, dès l'aurore de mon existence, une sorte de *Murad-le-Malencontreux,* une espèce de gauche nature ne sachant rien faire à propos, mettant toute chose et lui-même hors de temps, hors de place, hors de forme, enfin, dans le voisinage duquel rien ne pouvait prospérer, ni même se maintenir dans le *statu quo.*

Qui laissait toujours les portes ouvertes quand il faisait froid? C'était Henri. Qui ne manquait pas de faire déborder sa tasse de café à déjeuner, ou de heurter violemment les porcelaines à dîner, ou de renverser la chaise, la poivrière et le pot à moutarde, s'il lui arrivait seulement de remuer le bras? C'était Henri. Qui était reconnu et déclaré inévitablement le briseur de vaisselle de la maison? C'était Henri. Qui emmêlait les soies et les cotons de maman et déchirait les journaux de papa, ou renversait les harnais et les caparaçons de la vieille jument Phœbé et traînait dans la poussière et la fange de l'écurie ses beaux ferremens éclaircis avec tant de soin? C'était Henri, toujours Henri.

Et maintenant n'allez pas croire qu'il y eût de ma part malice ou préméditation, je suis fermement persuadé que j'étais le meilleur garçon du monde ; mais quelque chose d'étrange agissait en moi, soit l'attraction de cohésion, soit l'attraction de gravitation qui se combinait de telle sorte avec la disposition générale de la matière dont j'étais entouré, que, de quelque façon que je m'arrangeasse, les objets devaient tomber, se briser, être endommagés, pour peu que je m'approchasse d'eux, et ma maladresse semblait croître en proportion du soin avec lequel je m'appliquais à prévenir ses coups.

Si quelque personne, dans la chambre où je me trouvais, souffrait du mal de tête, ou de quelqu'irritabilité nerveuse qui imposât à ceux dont elle était entourée l'immobilité et le silence, tout en désirant vivement que ma présence n'apportât aucun trouble, ne fût l'occasion d'aucun désagréable bruit, je ne manquais pas, en essayant de me glisser discrètement autour de la chambre sur la pointe des pieds, de tomber tout de mon long sur un fauteuil, qui donnait aussitôt le branle à la pelle, qui se laissait choir sur les pincettes, lesquelles allaient bien vite provoquer le fourgon, et tous ensemble se hâtaient de mettre en mouvement deux ou trois bûches qui ne demandaient pas mieux que de tomber avec cette brusque et bruyante pesanteur, avec cette hostile et insociable espèce de fracas, montrant bien qu'ils étaient disposés à tirer de l'incident tout le parti possible.

De la même manière, chaque chose qui se trouvait sous ma main, ou avait, de façon ou d'autre, quelque rapport avec moi était, par cela seul, vouée à quelque dommage. Si je me réjouissais le matin d'un tablier propre et nouvellement mis, il m'arrivait immanquablement de tomber dans la boue en allant à l'école, de rentrer à la maison en plus mauvais état que j'étais sorti. Si l'on me chargeait d'une commission, j'étais sûr de perdre mon argent en allant à…

te ou en revenant ; et dans des occasions semblables, ma mère me réconfortait souvent par cette réflexion qu'il était bien heureux pour moi que mes oreilles fussent attachées à ma tête, sans quoi je les perdrais aussi. Enfin, j'étais le but unique des constantes rebuffades et admonitions, non seulement de mes parens, mais des oncles, tantes, cousins, cousines et officieux amis de différens degrés, toujours prêts à dispenser à l'être faible et sans défense les faciles et amères expressions de la moquerie ou de la censure.

Cependant tout cela aurait été fort bien si la nature ne m'avait doué d'une très inutile et incommode dose de sentiment, ce qui, comme la délicatesse de l'ouie en fait de musique, est une faculté fort peu désirable, attendu que, dans ce monde, on est choqué quatre-vingt-dix-neuf fois par le désaccord, contre une fois où l'on est charmé par l'harmonie. Donc, malgré toutes les occasions que je fournissais à ceux qui m'entouraient de me réprimander, je ne m'accoutumais jamais aux réprimandes, de telle façon que j'étais aussi chagrin en les recevant la centième fois que la première. Il n'y avait en moi rien qui ressemblât à de la philosophie; je possédais un de ces cœurs déraisonnables qui jamais ne se conforment à la nature des choses, ni ne se réconcilient avec elles.

J'étais timide, concentré et fier ; je n'étais rien pour tous ceux qui m'entouraient qu'un garçon gauche et malencontreux ; rien pour mes parens qu'une unité dans cette demi-douzaine d'enfans dont il fallait laver les figures et raccommoder les bas dans l'après-midi de chaque samedi. Si j'étais très malade, on faisait venir le médecin et on me faisait avaler des médicamens ; si je n'étais qu'un peu malade, on m'exhortait à la patience ; mais si mon mal était au cœur, je n'avais personne pour me soigner que moi-même. Vous le voyez, pourtant, je n'avais pas le droit de me plaindre, car de quoi un enfant peut-il avoir besoin lorsqu'on lui donne la nourriture et la boisson, une chambre pour jouer, une école pour lui apprendre à lire et à écrire, et quelqu'un pour le soigner quand il est malade? De rien, assurément.

Mais les sentimens des grands enfans existent dans les esprits des petits plus souvent qu'on ne le suppose, et j'avais, dès cette époque de ma vie, la même sensation subtile de tout ce qui touchait le cœur à faux, les mêmes aspirations passionnées vers ce qui aurait pu, en me touchant juste et à propos, me délivrer de ma langueur et de ma compression habituelles ; le même découragement vis-à-vis de l'affection qui se cache sous des abords froids et sévères, et la même avidité pour la sympathie prévenante que j'ai conservée toute ma vie ; manière d'être qui, pour le dire en passant, a toujours été la plus improductive de ce monde dans tous les siècles.

Et aucun être humain, affligé d'une telle constitution, n'a plus de chance de malheur que le pauvre enfant maladroit, malencontreux, insupportable à tout ce qui aime l'ordre et le repos. Nous pouvons tous sympathiser à quelque degré avec des hommes et des femmes ; mais combien peu sont capables de retourner en arrière jusqu'aux sympathies de l'enfance ; combien peu savent comprendre la désolante insignifiance dont s'affligent en vain ces petits êtres qui regrettent de ne pouvoir figurer parmi les grandes personnes ; d'être envoyé au lit, à l'école, d'être mis en dehors de toute réunion, de toute affaire, en dehors de tout ce qui com- la vie humaine, comme un être gênant dont il débarrasser avant de procéder à tout acte amu- érieux ; enfin de tant de semblables offenses que l'enfant n'a pas de terme pour expri- grandes personnes n'ont pas d'imagina-

J'étais âgé de sept ans, lorsque j'appris un matin, par la rumeur publique de la maison et par les acclamations des domestiques, que la tante Mary venait nous rendre visite. En conséquence, quand le carrosse qui l'amenait s'arrêta à notre porte, je jetai loin de moi mon tablier sale et courus me mêler à la foule de mes frères et sœurs pour voir celle qu'on attendait. Je ne décrirai point sa première apparition ; car, lorsque je pense à elle, je commence à tourner au sentiment, en dépit de mes lunettes qui s'obscurcissent de quelques larmes, et je craindrais que l'émotion ne me fît déraisonner.

Tout homme marié ou non marié ayant vécu jusqu'à l'âge de cinquante ans ou à peu près, n'a-t-il pas rencontré une femme qui, dans son souvenir, est restée la femme distinguée entre toutes ? Elle n'a pu, pour lui, d'analogie avec aucune autre, ce ne doit pas avoir été une femme ; elle a seulement brillé de haut ; on se la rappelle à travers la distance des années comme une étoile disparue, comme une délicieuse mélodie qui a cessé de se faire entendre, comme un type de grâce et de beauté évanouie pour jamais ; mais on se la rappelle avec émotion, avec ferveur, avec enthousiasme, avec tout ce que le cœur peut sentir, et plus que les mots ne peuvent exprimer.

Pour moi, il n'y a qu'un souvenir de ce genre, et ce souvenir s'attache à celle dont la venue au logis paternel devait avoir une si douce influence sur ma destinée. Etait-elle belle? me demandez-vous. Je vais vous répondre par une autre question : Si un ange du ciel venait demeurer, dans une forme humaine et animer une visage humain, ce visage ne serait-il pas charmant? Il pourrait n'être pas beau d'après toutes les règles de l'art, mais ne serait-il pas éminemment aimable ? Elle n'était belle que de cette manière.

Que je me rappelle bien son attitude, quand, selon son usage, elle s'asseyait songeant, la tête posée sur sa main, le visage doux et placide, avec un tranquille rayon de soleil d'octobre dans ses yeux bleus, et un sourire toujours présent qui semblait répandu sur toute sa contenance! Je me rappelle aussi la soudaine et pénétrante douceur de son regard quand quelqu'un lui parlait, sa prompte attention, sa vive compréhension des choses avant que vous les lui eussiez entièrement exposées, et son empressement obligeant à quitter pour vous ce dont elle s'occupait.

A ceux qui prennent la rêverie pour de la tristesse, il pourrait sembler étrange de dire que ma tante Mary était toujours heureuse. Cependant, il en était ainsi. Ses esprits ne s'élevaient jamais jusqu'à la légèreté et ne s'abattaient jamais jusqu'au découragement. Je sais qu'un article du code sentimental déclare qu'un tel caractère ne saurait être intéressant. Cette opinion n'est pas dénuée de fondement. La placidité d'un esprit médiocre et lieu commun n'inspire, en réalité, nul intérêt ; mais la placidité d'un esprit puissant et sagement gouverné touche de très près au sublime.

La mobilité d'émotion caractérise les êtres d'ordre inférieur ; mais un énergique contrôle de soi-même, quand il est guidé par les principes de la vertu et de la vraie religion, empêche un semblable caractère de prévaloir sur un esprit bien réglé. Et tandis que nous contemplons avec étonnement et admiration le grand général ou l'homme d'Etat, toujours occupé à dépenser son temps, ses soins et ses pensées pour autrui, nous négligeons de remarquer qu'il y a aussi quelque chose de sublime dans l'être humain dénué de toute ambition terrestre qui a si bien tranquillisé et gouverné le monde intérieur qui vit en lui, que rien n'y est resté qui puisse absorber la sympathie ou distraire son attention de ceux qui l'entourent.

Telle était ma tante Mary. Sa placidité résultait de

son choix plutôt que de son caractère. Elle avait toutes les aptitudes de souffrance inhérentes à la plus noble et à la plus délicate nature d'esprit ; mais elles n'avaient été dirigées de façon que, au lieu de concentrer sa pensée sur elle-même, elles l'avaient préparée à comprendre les autres et à sentir pour eux.

C'était, par dessus tout, une personne sympathique, et son caractère, comme la verdure dans un paysage, était moins remarquable par ce qu'il était en lui-même que pour sa parfaite et admirable harmonie avec les corps ou les ombres qui l'entouraient.

D'autres femmes ont eu des talens, d'autres femmes ont été bonnes ; mais aucune femme que j'aie connu n'a jamais possédé la bonté et le talent en union avec une aussi intuitive perception de sentimens, et cette faculté instantanée par laquelle elle savait adapter les uns aux autres. La plus désagréable chose du monde, c'est d'être condamné à la société d'une personne incapable de comprendre ce que vous voulez dire avant que vous ayez exprimé toute votre pensée, marquant les virgules et périodes, tandis que vous déroulez le fil de votre discours ; mais aussi la plus désirable chose du monde est de vivre avec une personne qui vous épargne l'ennui de parler en devinant tout ce que vous alliez dire avant que vous ayez prononcé un seul mot.

Je commençai, à mon grand soulagement, à m'apercevoir de cette espèce de talent, quand la tante Mary arriva dans la famille. Je me souviens que, le premier soir, comme elle était assise près de l'âtre, entourée par toute la famille, son œil me fit connaître par un regard expressif qu'elle me voyait, moi, pauvre enfant, auquel personne en ce moment ne prenait garde ; et quand la pendule sonna huit heures et que ma mère proclama qu'il était temps de m'aller coucher, elle remarqua ma contenance abattue, tandis que je m'éloignais tristement du dossier de son fauteuil à roulettes, en songeant combien de belles histoires la tante Mary dirait encore après que je serais parti.

Elle se tourna vers moi avec un tel regard de réelle compréhension, une si évidente découverte des plus intimes pensées et des plus profonds sentimens qui s'agitaient en moi à peine formés, à peine intelligibles pour moi-même, que je subis mon bannissement d'un cœur plus léger qu'à l'ordinaire. Combien l'opiniâtre appréciation du cœur est contraire à l'appréciation raisonnée de la sagesse mondaine ! N'est-il pas quelqu'un qui se puisse rappeler quand un mot, un regard, ou même la retenue d'un mot prêt à franchir les lèvres, a attiré plus puissamment son cœur vers une personne que n'eussent pu le faire tous les bienfaits matériels du monde ? Grâce à une convention faite, la bonté matérielle a égard aux nécessités de l'existence animale, tandis que ces besoins, qui sont particuliers à l'esprit et existeront toujours avec lui, ne semblent généralement pas dignes d'assistance, et leur soulagement qui, en fait, inspire le plus de reconnaissance, est, pour ceux qui se proclament gens positifs, superflu en théorie.

Avant que la tante Mary eût passé un mois avec nous, je l'aimais plus que personne au monde et un utilitaire se serait amusé à calculer le montant des bienfaits qui avaient produit ce résultat. C'était un regard, un mot, un sourire ; c'était parce qu'elle avait paru enchantée de mon nouveau cerf-volant, parce qu'elle se réjouissait avec moi quand je parvenais à prolonger le mouvement d'une toupie ou d'un sabot ; parce qu'elle seule semblait apprécier mes progrès dans les jeux de balle et de billes ; parce qu'elle ne paraissait jamais fâchée quand je lui renversais sa boîte à ouvrage sur le plancher ; parce qu'elle recevait toutes mes gauches galanteries, toutes mes maladroites

attentions comme si elles eussent été du meilleur goût ; parce que, lorsqu'elle était malade, elle insistait toujours pour qu'on me laissât auprès d'elle, bien que je fisse mes dégâts accoutumés parmi les cruches et les porcelaines de sa chambre, et que je déployasse, à travers mon zèle et mon désir de plaire, une part plus qu'ordinaire d'insuffisance pour l'emploi de garde-malade. Elle était aussi la seule personne avec laquelle j'aie jamais conversé, et je me demandais toujours avec étonnement comment quelqu'un qui pouvait causer sur toutes sortes de sujets avec de grandes personnes, savait s'entretenir avec tant d'intérêt de billes, de cerceaux, de patins et de toutes sortes d'objets concernant les petits garçons ; et je dirai, par parenthèse, que la même sorte de réflexion a souvent dû se présenter à l'esprit de gens plus âgés qui se trouvaient en rapport avec elle. Elle savait qu'il faut connaître un peu de tout pour faire, non une pédante, mais une femme, c'est-à-dire un être sympathique, sociable ; et telle elle était pour presque tous les genres d'esprits.

Elle avait aussi la faculté d'élever les autres à son niveau dans la conversation, de telle sorte que je me surprenais moi-même exprimant mes pensées dans un style profond, lorsque je causais avec elle ; et je me demandais alors avec étonnement si j'étais encore un enfant.

Quand elle eut répandu sur nous sa douce lumière durant plusieurs mois, le temps vint où elle prit congé, et elle supplia alors ma mère de lui permettre de m'emmener pour lui tenir compagnie. Toute la famille s'étonna qu'elle pût trouver quelque chose à aimer dans le pauvre Henri ; mais ce n'était pas de cela qu'il s'agissait, et elle eut bientôt gagné sa cause.

Pendant le temps que je passai près d'elle, elle accomplit sur mon caractère tous les miracles que le génie de la bienveillance peut seul accomplir. Elle tranquillisa mon cœur, dirigea mes sentimens, déploya mon esprit et m'éleva, non rudement ou par force, mais comme le rayon béni du soleil élève la fleur jusqu'au développement de la vie complète et parfaite, et quand tout ce qui, dans son être, était mortel disparut pour toujours de ce monde, ses paroles et ses actions d'indescriptible amour répandirent autour de sa chère mémoire un crépuscule qui ne doit s'évanouir que devant les splendeurs du ciel.

APPEL A DIEU , APPEL A L'HOMME.

ESQUISSE.

> « Ô pauvre homme ignorant ! que
> » portes-tu enfermé dans les profon-
> » deurs de ton sein ? Quels joyaux, quel-
> » les richesses y sont contenus ? Quels
> » célestes trésors dans une si faible en-
> » veloppe !   Davies.

C'était un soir clair et gaillard de la fin de décembre. M. Aubrey, de retour de sa maison de commerce, étendu entre les bras d'un moëlleux fauteuil, dans le parloir de son élégant hôtel, se livrait avec délices au comfort d'un brillant feu de charbon de terre. Il avait échangé ses bottes épaisses contre des pantoufles ; ramené autour de lui les plis de sa robe de chambre, et se renversant sur le dossier mobile de son siége, il élevait ses yeux vers les lambris, puis les reportait sur tout ce qui l'entourait avec un air de satisfaction.

Cependant un nuage restait sur son front. De quoi se pouvait chagriner M. Aubrey ? Pour dire la vérité, il avait reçu cet après-midi, dans son cabinet de travail, l'agent d'une des principales sociétés religieuses et charitables de l'époque; il avait été par lui chaudement incité à doubler sa souscription de l'année dernière, et cette incitation avait été appuyée par des documens et des argumens auxquels il n'avait su trouver aucune réponse.

—On croit, se disait-il à lui-même, en se rappelant la rude attaque dirigée contre sa bourse, on croit que je sais de l'or, à ce qu'il semble ; voici la quatrième fois que je suis requis de doubler ma souscription, et cette année a déjà été surchargée par de lourdes dépenses de famille. — Il a fallu bâtir, orner et meubler cette maison, — acheter des tapis, des rideaux — une quantité innombrable de choses neuves. — Je ne vois réellement pas comment je pourrais faire pour donner rien de plus à la charité; puis il y a les mémoires de mes garçons et de mes filles — ils disent tous que je dois doubler la pension que je leur faisais avant de venir dans cette maison : j'ai eu tort, je le crains, de la faire bâtir !

Et M. Aubrey jeta des regards inquiets et malheureux sur le plafond, sur les lambris, sur les meubles coûteux, puis il reporta silencieusement ses yeux vers l'âtre. Il était fatigué, harassé; il sentait venir la langueur qui précède l'assoupissement; bientôt sa tête commença à se balancer, puis elle pencha vers sa poitrine, ses yeux se fermèrent : — il était endormi.

Dans son sommeil, il lui sembla entendre frapper un coup à la porte; il l'ouvrit, et devant lui parut un homme de simple et misérable apparence qui, d'une voix singulièrement basse et douce, lui demanda quelques momens d'entretien. M. Aubrey l'introduisit dans le parloir, et lui présenta un fauteuil auprès du feu. L'étranger regarda attentivement autour de lui, puis, se retournant vers M. Aubrey, il lui présenta un papier.

— C'est votre souscription de l'année dernière à l'œuvre des missions, dit-il; vous connaissez tous les besoins de cette œuvre, je viens faire pour elle un nouvel appel à votre charité et savoir si vous ne pourriez pas ajouter quelque chose à vos dons ordinaires.

Ceci fut dit de la même voix douce et tranquille; mais pour quelque raison dont il ne pouvait se rendre compte, M. Aubrey était plus embarrassé par la manière d'être de cet homme si simple, si dénué de toute prétention, qu'il ne l'avait jamais été devant personne.

Il resta pendant quelques momens en silence, essayant vainement de répondre, puis, d'un ton précipité et d'un air honteux, il commença à balbutier les mêmes excuses qui lui avaient paru si satisfaisantes quelques heures auparavant, — la dureté des temps, la difficulté d'avoir de l'argent, les dépenses de famille, etc.

L'étranger regarda tranquillement l'appartement spacieux, si luxueusement, si élégamment orné et, sans aucun commentaire, il reprit des mains du marchand le papier qu'il lui avait donné; puis, immédiatement, il lui en présenta un autre.

— Ceci est votre souscription à la Société nationale. Avez-vous quelque chose à y ajouter ? Vous savez tout le bien qu'elle a déjà réalisé, et combien plus encore elle désirerait en accomplir si les chrétiens voulaient seulement lui en donner les moyens; vous refuserez-vous à la demande que je vous fais d'ajouter quelque chose pour cette œuvre ?

M. Aubrey se sentit fort mal à l'aise en subissant cet appel nouveau; mais il y avait pour lui quelque chose d'imposant dans la douce manière de l'étranger. Cependant il répondit que, bien qu'il le regrettât excessivement, ses affaires étaient réglées de telle façon qu'il ne pouvait, pour cette année, ajouter à *aucune* de ses charités.

L'étranger reprit le papier sans faire aucune réponse, puis, immédiatement, il présenta à sa place une souscription pour une autre œuvre et, en quelques mots nets et puissans, il renouvela ses demandes et somma

encore le négociant d'ajouter quelque chose à ses dons.

— N'ai-je pas dit, reprit M. Aubrey, que je ne puis, en fait d'aumône, donner rien de plus que l'an dernier? Il semble qu'il ne doive pas y avoir de fin aux demandes qui nous sont présentées tous les jours. Il n'était d'abord question que de deux ou trois objets, et les sommes qu'il fallait pour y pourvoir étaient modérées; maintenant les besoins se multiplient chaque jour; de tous côtés on nous demande de l'argent, et, après que nous avons donné une fois, nous sommes obligés de doubler, de tripler nos souscriptions : cela n'a pas de terme; il faut pourtant s'arrêter, quelque bonne volonté qu'on y mette.

L'étranger reprit le papier, se leva, et, fixant ses regards sur Aubrey, il dit d'une voix qui pénétra jusqu'à son âme :

— Il y a un an ce soir même, vous pensiez que votre fille allait mourir; le sommeil vous était impossible, car les plus poignantes angoisses déchiraient alors votre cœur : à qui en appelâtes-vous cette nuit-là?

Le marchand tressaillit et leva les yeux; il semblait qu'une sorte de transfiguration se fût opérée dans son visiteur, dont les yeux étaient fixés sur lui avec une expression calme et pénétrante qui l'effraya et le subjugua; il se recula, il se couvrit le visage et ne fit aucune réponse.

—Il y a cinq ans, poursuivit l'étranger, quand vous étiez vous-même sur le bord de la tombe et que vous pensiez que si vous mouriez alors vous laisseriez une famille d'enfans sans appuis, non pourvus, vous souvenez-vous à qui s'adressèrent vos prières ? Qui vous sauva alors?

L'étranger sembla attendre une réponse, mais ce fut en vain : un profond silence suivit ses paroles. Le marchand, courbé comme un homme entièrement vaincu, avait laissé tomber sa tête sur le siége qui était devant lui.

L'étranger s'approcha davantage et dit d'un ton encore plus bas et plus expressif :

—Vous rappelez-vous, il y a quinze ans, ce temps où vous vous sentiez tellement abandonné, perdu, sans secours et sans espérance; où vous passiez les jours et les nuits en prières! Il vous semblait alors que tout l'or du monde entier n'aurait pas payé trop cher l'assurance que vos péchés vous étaient pardonnés? Qui vous écouta alors?

— Ce fut mon Dieu et mon Sauveur! dit le marchand avec une soudaine explosion de remords, oh! oui, ce fut lui.

— Et s'est-il jamais plaint d'être invoqué trop souvent? demanda l'étranger du ton d'un doux reproche. Dites, ajouta-t-il, voulez-vous commencer ce soir à ne lui plus rien demander, si, à partir de ce soir, lui-même ne vous demande plus rien ?

— Oh, jamais, jamais! dit le marchand se jetant à ses pieds.

Tandis qu'il parlait, la figure sembla s'évanouir, et Aubrey s'éveilla l'âme violemment émue.

— Oh, mon sauveur! qu'ai-je dit? qu'ai-je fait? s'écria-t-il. Prenez tout, tout vous appartient! Je ne possède rien, je le reconnais, qui ne m'ait été donné par vous !

LE COUSIN WILLIAM.

La maison dans laquelle vivait l'héroïne de cette histoire était presque cachée dans une forêt de pommiers, rouges de boutons au printemps et dorés de fruits en automne; près de là était le jardin, entouré d'une haie d'épines, et qui renfermait toutes sortes de magnificences. Là, dans l'automne, on voyait des vignes luxuriantes qui semblaient manquer d'espace pour répandre l'abondance de leurs trésors ; de brillans coings dorés et de jaunes et rondes citrouilles, paraissant aussi satisfaites que le soleil du soir quand il vient d'avoir la face lavée par une averse et va sagement se coucher. Là étaient des graines de concombres surannées , jouissant des plaisirs d'une vieillesse contemplative et du blé indien, délicatement ramassé dans un sac de soie verte avec un signe d'échantillon pendant au bout de chaque oreille. Les rayons du soleil d'été dardaient à travers les rangs de groseilles cramoisies abondant en touffes dans la haie , tandis qu'un épais buisson de groseilles noires se tenait dans un coin d'un air soucieux comme un misanthrope de jardin.

Le père de notre héroïne appartenait à cette classe d'êtres qui , quoique n'ayant rien en eux de remarquable, sont utiles en ce qu'ils servent à remplir les anneaux de la chaîne sociale. Bien autrement était sa belle-sœur, qui, depuis la mort de sa femme, avait pris en main les rênes du gouvernement intérieur de sa maison.

La dame partageait cette opinion, qui était celle d'un grand nombre de philosophes illustres, à savoir que les affaires de ce monde nécessitaient une active et continuelle surveillance pour être menées à bien ; et , quoiqu'elle ne s'engageât pas comme eux dans l'inspection de l'univers, elle faisait compensation à cette besogne par la diligence infatigable qu'elle apportait dans le gouvernement remis à ses soins.

Il y avait toujours à son avis une évidente nécessité à ce que chacun fût debout et agissant : le lundi, parce que c'était le jour du savonnage; le mardi, parce que c'était le jour des récurages; le mercredi , parce que c'était le jour où se faisait la pâte et se chauffait le four; le jeudi, parce que c'était la veille du vendredi, et ainsi de suite jusqu'à la fin de la semaine. Ainsi, elle avait soin sans cesse de rappeler à chacun dans la maison ce qui devait être fait d'une semaine à l'autre et elle était si exacte dans cet emploi que rarement un acte de volonté personnelle prenait place dans la famille. On rappelait au pauvre doyen à quel moment il devait sortir, à quel autre il devait rentrer, quand il devait s'asseoir, quand il devait se lever, de telle sorte qu'un simple fait d'omission aurait été considéré comme un acte de malice préméditée.

Mais la surveillance d'une nombreuse famille fournissait à une personne d'une aussi active tournure d'esprit, une plus abondante matière d'exercice. Veiller à ce que les visages des enfans fussent lavés, leurs vêtemens raccommodés et leur catéchisme appris; voir s'ils n'arrachaient pas les fleurs, ne jetaient pas de pierres aux poulets ni ne tourmentaient pas le grand chien de la basse-cour, c'était là une accumulation de soins qui retombait entièrement sur mistriss Abigaïl, aussi, d'après sa propre expression, elle ne vivait et ne se maintenait en bonne santé que grâce à un perpétuel miracle.

L'aîné des enfans commis à sa garde, au temps où commence ce récit, était une fille parvenue à l'adolescence et dont le nom était Mary. Nous savons que celles dont on écrit l'histoire sont tenues d'avoir une taille de sylphide, des yeux éblouissans, ou, tout au moins, « un certain charme inexprimable répandu » sur toute leur personne. » Mais les romanciers ont, dans ces derniers temps, fait une telle dépense de perfections, qu'ils semblent avoir usé tous les signalemens convenables à une héroïne, et qu'on ne peut plus trouver un trait original à donner à son portrait. Ceci considéré, je regarde comme heureux que Mary ne fût pas ce qu'on appelle une beauté. Elle ne ressemblait donc ni à un sylphe, ni à une fée, ni à une péri ;

elle avait l'air tout simplement d'une réelle et mortelle fille de ce monde, telle que vous pourriez en rencontrer une demi-douzaine sans qu'elles vous inspirassent aucun commentaire particulier ; c'était un de ces extérieurs aussi ordinaires que l'eau , et qui lui ressemblent encore en cela, qu'ils sont susceptibles d'être colorées par tout ce que vous mettez en rapport avec eux.

Un goût irréprochable, dans son habillement, une aisance et une gaîté charmantes dans ses manières, une affluence perpétuelle de sentimens bienveillans semblaient produire dans Mary tous les effets de la beauté. Ses manières avaient tout juste assez de dignité pour réprimer l'impertinence, sans détruire la vivacité, l'aisance et l'enjouement qui faisaient le fond de son caractère. Personne ne possédait une plus amusante collection d'histoires, de chansons, de traditions villageoises, et ne trouvait avec plus de soudaineté et d'à-propos ces plaisanteries sans fiel et ces piquantes réparties qui animent la conversation.

Elle avait lu tout ce qui lui était tombé sous la main : l'Histoire ancienne, de Rollin; la Bible de famille, de Scott , qui étaient dans la chambre d'honneur; un volume dépareillé de Shakespeare; de temps en temps un des romans de Walter-Scott, emprunté à quelque famille lettrée du voisinage. Elle avait aussi un album pour y écrire ses pensées, et elle coupait habituellement dans les journaux, pour se l'approprier, tout ce qu'elle y trouvait de jolies poésies ; en outre, elle faisait sécher un grand nombre de *ne m'oubliez pas* et de boutons de rose, en mémoire de différentes amies intimes, sans compter un grand nombre d'autres petites pratiques sentimentales auxquelles les jeunes filles de seize ans et âge environnant ont coutume de se livrer.

Elle était douée en outre du don de la *constructivité*, si bien qu'aux époques de loterie de charité, où les dames étaient au profit du malheur leurs grâces et leur savoir-faire, il n'y avait rien, depuis les porte-aiguilles en forme de soufflet jusqu'aux pelotes palmipèdes, qu'elle ne pût confectionner de ses mains habiles. Son talent pour la couture était certainement extraordinaire — il nous semble qu'on tient trop peu compte de ceci dans les perfections des héroïnes — ses points-arrière étaient comme des rangées de perles , ses reprises étaient invisibles comme celles d'une fée , et pour les ourlets, les surgets et toutes sortes de couture, elle n'avait pas sa pareille, comme disait la maîtresse d'école du village. Et que dirons-nous de ses pâtés et de ses puddings ? Ils auraient converti le vieux garçon le plus réprouvé. Et la manière dont elle balayait et époussetait ! C'est elle assurément que le poëte avait en vue quand il écrivait : « *Bien des filles ont agi vertueusement , mais tu les surpasses toutes.* »

Maintenant, qui supposez-vous que nous ayons à vous présenter ? Un jeune homme qui, depuis quelque temps, est venu pour s'établir dans ce village et surveiller les écoles du canton sous le nom de William Barton. Mistriss Abigaïl le traita de cousin, et il fallut qu'il eût passé une semaine dans la maison et fait quelques observations sur miss Mary, avant de se déterminer à l'appeler aussi sa cousine, ce qu'il fit, une fois la glace rompue, le plus naturellement du monde.

Mary fut d'abord un peu intimidée par sa présence, parce qu'il avait appris tout ce qui pouvait s'apprendre en fait de grec, de latin et même d'allemand, et parce qu'il étalait dans sa chambre une bibliothèque bien garnie. Ce renom de savant et ces livres faisaient soupirer la jeune fille en lui donnant à penser combien, dans le monde, il y avait encore à apprendre de choses qu'elle ignorait. Mais ces premières impressions furent bien vite évanouies, et maintenant ils étaient les meilleurs amis du monde. William prêtait des livres à Mary, il lui donnait des leçons de français sans être nullement arrêté par ce verbe embarrassant qui doit être tout d'abord conjugué, soit en français, soit en latin, soit en anglais. Il lui donna encore une foule de bons avis touchant la culture de son esprit et la formation de son caractère, lesquels contribuant à ses progrès, contribuèrent grandement aussi à consolider leur amitié.

Malheureusement pour Mary, William produisait une aussi favorable impression sur les autres femmes que sur elle ; il s'était, en plusieurs occasions, distingué en public ; il était connu aussi pour se livrer à la poésie, et il avait un air concentré et romanesque tout à fait séduisant pour les lectrices des romans de Bulwer. Enfin il était moralement certain, d'après toutes les règles de l'évidence, que s'il avait offert à une des dames du pays l'hommage d'une douzaine de visites par semaine, elle se serait fait un devoir de l'accueillir gracieusement.

William visitait bien parfois quelques personnes, car, comme beaucoup de gens studieux, il éprouvait le besoin de cette excitation que produit la société ; mais lorsqu'arrivait l'heure de la classe de chant, il retournait à la maison en donnant le bras à Mary, et tous deux marchaient alors d'un pas aussi ferme et d'une allure aussi conjugale que s'ils eussent été mariés depuis un an. Le ton de William en causant avec Mary était inévitablement plus confidentiel qu'avec aucune autre. Cette remarque fit naître l'envie dans plus d'un cœur trop tendre, et un échange actif d'observations et de commentaires touchant sa manière d'être avec la jeune fille s'établit dans tout le village.

— Je m'étonne que Mary Taylor rie et plaisante à ce point en compagnie de William Barton, disait l'une.

— Ses manières sont certainement trop libres, disait une autre.

— Il est évident qu'elle a des projets sur lui, remarquait une troisième.

— Et elle ne peut même le cacher, poursuivait une quatrième.

Quelques propos de cette espèce parvinrent enfin aux oreilles de mistress Abigaïl, qui avait le meilleur cœur du monde, et qui fut si vivement indignée que vous eussiez été ému de la voir. Elle pensa que la jeune fille avait besoin d'être avertie.

Mais elle se décida à sonder d'abord William avec adresse pour lui insinuer de bons conseils. En conséquence, dans l'après-dîner du même jour, tandis qu'il avait les yeux fixés et l'esprit absorbé par un traité de trigonométrie ou de sections coniques, elle commença à diriger ainsi contre lui toutes ses batteries.

— Notre Mary devient une belle fille.

William s'occupait à résoudre un problème, et comprenant vaguement que quelque chose venait d'être dit, il répondit machinalement :

— Oui.

— Un peu légère, un peu étourdie, poursuivit mistress Abigaïl.

— Je le sais, répondit William, en fixant avidement les yeux sur E, F, B, C.

— Peut-être la trouvez-vous un peu trop communicative et trop libre avec vous quelquefois ; mais vous savez que les jeunes filles ne réfléchissent pas toujours avant d'agir.

— Certainement, dit William en poursuivant son problème.

— Je pense que vous auriez dû lui parler de cela, dit mistress Abigaïl.

— Je le pense aussi, dit William.

Et ruminant encore sur le travail qu'il venait d'ache-

ver, il se leva, mit son livre dans sa poche et partit pour l'école.

Oh ! quelle fâcheuse habitude que celle de la distraction ! De combien de choses contraires à sa pensée un homme est souvent forcé de prendre l'endos, grâce à cette mauvaise habitude de dire *oui* ou *non* sans savoir de quoi on lui parle ?

Le lendemain matin, quand William fut parti pour l'école, et tandis que Mary lavait les tasses du déjeuner, la tante Abigaïl insinua le sujet qui lui tenait au cœur par cette remarque si pleine de tact et de délicatesse :

— Mary, je crois savoir qu'il aurait mieux valu pour vous être moins libre avec William que vous ne l'avez été.

— Libre ! dit Mary en tressaillant et en laissant presque échapper la tasse qu'elle tenait à la main ; quoi ! ma tante, que prétendez-vous dire ?

— Quoi ? Mary, que vous ne devez pas être toujours si libre en causant avec lui comme vous le faites : à la maison, en compagnie, dans les chemins, partout enfin où vous le rencontrez. Cela ne doit pas être.

La couleur jaillit dans les joues de Mary et monta même jusqu'à son front, tandis qu'elle répondait d'un air digne :

— Je n'ai pas été trop libre. Je sais ce qui est droit et convenable ; je n'ai rien fait qui fût inconvenant.

Mistress Abigaïl, très attachée à son opinion personnelle, n'aimait pas à être forcée de la défendre et de la justifier ; aussi reprit-elle avec un peu d'aigreur :

— Si vraiment, Mary, vous avez agi plus d'une fois d'une manière inconvenante, et chacun dans le village l'a remarqué.

— Je ne m'embarrasse pas de ce que dit chacun dans le village ; je ferai toujours ce qui me semble convenable, répliqua la jeune fille, et je sais bien que mon cousin William ne pense pas comme vous à cet égard.

— Eh ! bien, vous vous trompez complètement, et je puis vous dire qu'il pense tout-à-fait comme moi à cet égard : je le lui ai entendu dire.

— Oh ! ma tante, que lui avez-vous entendu dire ? s'écria Mary, renversant presque une chaise par le brusque mouvement qu'elle fit en se retournant vers sa tante.

— Miséricorde ! ne renversez pas la maison, Mary, je ne me rappelle pas exactement comment il s'exprima, seulement, sa manière de parler m'a fait penser ce que je viens de vous dire.

— Oh ! ma tante, dites-moi en quels termes il a parlé de moi ; tâchez de vous rappeler tout ce qu'il vous a dit, ajouta Mary en suivant sa tante, tandis qu'elle tournait en époussetant les meubles.

Mistress Abigaïl, comme tous les gens obstinés qui sentent qu'ils ont été trop loin et qui, cependant, ne veulent pas revenir sur ce qu'ils ont dit, se réfugia dans une opiniâtre généralisation, se contentant d'affirmer qu'elle avait entendu William dire des choses prouvant, à n'en pouvoir douter, qu'il n'approuvait pas complètement la manière d'être de Mary.

Le mal était fait, le germe déposé dans cette imagination active ne pouvait que se développer et grandir. En moins de cinq minutes, mille fantômes créés par une jalousie naissante, toute armée de remarques d'abord méprisées, mais non oubliées, par l'amour-propre blessé, par la confiance trahie, s'élevèrent dans l'âme ulcérée de la jeune fille... Après un moment de réflexion, son parti fut pris, elle pressa ses lèvres l'une contre l'autre et déclara que M. Barton n'aurait plus aucune occasion de répéter de pareils propos.

Il était très évident, d'après la couleur ardente de

son teint et la dignité outrée de son maintien, que son esprit était arrivé à une disposition très héroïque. Quant à la pauvre tante Abigaïl, elle commençait à regretter d'avoir ainsi chagriné sa nièce bien-aimée, et elle s'efforça avec empressement de la consoler par cette remarque :

— Mais Mary, je ne suppose pas que William voulût faire entendre quelque chose qui vous soit préjudiciable. Il sait qu'il n'y a rien à reprendre dans vos pensées.

— Dans mes pensées! s'écria Mary avec indignation.

— Eh bien! quoi, enfant, il trouve que vous ne savez pas encore très bien vous conduire vous-même, et que si vous avez été un peu...

— Mais je n'ai rien été du tout. Ce fut lui qui me parla d'abord ; lui qui d'abord m'appela sa cousine..... Et, d'ailleurs, il est mon cousin.

— Non, enfant, vous vous trompez, car rappelez-vous que son grand-père était...

— Je ne m'embarrasse pas qui était son grand-père, mais il n'a pas le droit de penser de moi comme il le fait.

— Maintenant, Mary, n'allez pas le quereller ; vous savez qu'il ne peut empêcher ses pensées d'avoir leur cours.

— Je ne m'embarrasse pas non plus de ce qu'il pense, dit Mary en s'enfuyant hors de la chambre avec des larmes dans les yeux.

Quand une jeune fille est dans un pareil état d'affliction, la première chose qu'elle fait c'est de s'asseoir et de pleurer durant au moins deux heures, ce dont Mary s'acquitta pleinement, faisant, par la même occasion, un grand nombre de réflexions sur l'instabilité des amitiés humaines, prenant la résolution de ne plus jamais se fier à personne tant qu'elle vivrait, pensant que ce bas-monde était un monde froid et insensible, et bien d'autres choses encore qu'elle avait lues dans les livres, mais qui ne lui avaient jamais paru aussi réelles qu'à présent. Mais que devait elle faire ? D'abord, elle se garderait bien d'avoir avec William aucune conversation particulière ; elle gémit sur ce qu'étant commensal de la maison, il aurait nécessairement encore quelques rapports avec elle ; finalement, elle prit son chapeau et se détermina à aller chez son autre tante qui demeurait dans le voisinage et à y passer la journée, afin de ne point être forcée de dîner avec William.

Mais il advint que celui-ci, en rentrant pour prendre son repas, fut grandement désappointé de ne pas voir Mary ; son absence lui fit paraître l'heure de la récréation d'une longueur insupportable, et, ayant appris où elle était, il se détermina à l'aller rejoindre après sa classe et à la ramener à la maison.

Mary, très décidée à ne faire semblant de rien, tourna la tête au moment où le jeune homme s'approchait d'elle et se mit à regarder par la fenêtre ce qui se passait au jardin. Quand il se fut, à deux reprises, informé de sa santé, elle se retourna en disant très froidement :

— Est-ce à moi que vous parlez, monsieur ?

William parut d'abord un peu surpris, mais s'asseyant auprès d'elle :

— Assurément, dit-il, et je viens savoir pourquoi vous êtes partie sans laisser aucun message pour moi ?

— Cela ne me convenait point, dit Mary avec ce ton sec que prend une femme pour dire tacitement : « Je vous dispense d'une plus longue conversation. » William sentit bien qu'il y avait dans tout cela quelque chose d'extraordinaire, mais il pensa que peut-être il se trompait et il continua ainsi :

— Quelle pitié de voir que vous vous inquiétez si peu de moi qui pense tant à vous ! J'ai fait tout ce chemin pour venir vous rejoindre.

— Je suis fâchée que vous ayez pris cette peine, dit Mary.

— Cousine, est-ce que vous êtes souffrante aujourd'hui ? dit William.

— Non, monsieur, dit Mary en s'éloignant, son ouvrage à la main.

Il y avait quelque chose de si marqué, de si décisif dans son ton et dans ses manières, que William n'en pouvait croire ses oreilles. Il se retourna, se mit à causer avec une jeune demoiselle, tandis que Mary, pour montrer un esprit libre et dégagé, commença à raconter à ses cousines une histoire qui les fit éclater de rire.

— Voilà Mary qui débite ses babioles, dit le vieil oncle en s'approchant du groupe de jeunes filles.

William la regarda ; elle ne lui avait jamais paru si gaie ni d'un esprit si étincelant, et il commença à penser que la cousine Mary elle-même pouvait quelquefois s'amuser à mystifier un homme.

Il s'éloigna et entra en conversation avec le vieux M. Harper sur la culture du sarrazin, sujet qui, évidemment, exigeait de profondes méditations, car jamais il n'avait paru plus grave, pour ne pas dire plus mélancolique.

Mary jeta un regard de son côté. Elle fut frappée de la tristé et presque sévère expression avec laquelle il écoutait les détails que lui donnait M. Harper, et convaincue qu'il ne pensait pas plus qu'elle, en ce moment, au sarrazin.

— Je ne croyais pas lui faire tant de peine, dit-elle en s'attendrissant ; après tout, il a été très bon pour moi. Mais c'est à moi qu'il aurait dû faire ses observations et non à personne autre.

Et elle jeta un second regard vers lui.

William ne disait rien, mais il était assis les yeux fixés sur le porte-mouchettes avec une si intense profondeur de contemplation, qu'elle en fut toute troublée, et s'adressa de nouveaux reproches.

— Assurément, se dit-elle, ma tante avait raison ; il ne pouvait empêcher ses pensées d'avoir leur cours. Il faut que j'essaye d'oublier tout cela, pensa-t-elle.

Il ne faut pas croire que Mary restât tranquille et silencieuse durant ce soliloque ; non, elle causait et riait comme si rien au monde ne l'eût préoccupée. Ainsi se passa la soirée jusqu'à ce que la petite compagnie se séparât.

— Je suis prêt à vous reconduire au logis, dit William avec le ton d'une déférence froide et presque hautaine.

— Je vous suis obligée, dit la jeune fille en prenant les mêmes inflexions de voix, mais je passerai la nuit ici. Puis, changeant soudainement de ton, elle ajouta : Non! je ne puis supporter cela plus long-temps. Je vais m'en retourner avec vous, cousin William.

— Supporter quoi ? dit William avec surprise.

Mary était déjà partie pour aller mettre son chapeau. Elle revint, sortit, prit son bras et marcha quelque temps sans rien dire.

— Vous m'avez toujours conseillé d'être franche, cousin, dit Mary, et je veux l'être ; ainsi, je vais tout vous dire, bien que ce soit contraire à l'usage.

— Tout quoi ? demanda William.

— Cousin, continua-t-elle, sans prendre garde à ce qu'il disait, j'ai été très contrariée, cet après-midi.

— Je m'en suis aperçu, Mary.

— Oui, cela est mortifiant, cela est vexant, continua-t-elle, quoique, après tout, nous ne pouvons attendre que le monde nous trouve parfaits ; mais ce n'est pas bien à vous de ne pas me l'avoir dit à moi-même.

— Vous avoir dit quoi? Mary.

Ils étaient arrivés à un endroit où la route tournait à

travers un petit bouquet de bois. Tout était vert, ombragé et animé par le gai caquetage d'un ruisseau. Le tronc moussu d'un arbre renversé offrait un siége commode; la clarté à demi voilée de la lune y brillait à travers les branches des arbres. C'était un délicieux endroit; Mary s'y arrêta, s'assit comme pour rassembler ses pensées. Elle ramassa un bâton qu'elle fit jouer un instant dans l'eau, puis elle commença ainsi :

— Après tout, cousin, il était très naturel que vous disiez cela, puisque vous le pensiez ; quoique je n'eusse jamais supposé que vous pensiez ainsi.

— Allons, je serai bien aise quand je parviendrai à savoir de quoi il est question, dit William du ton d'une résolution patiente.

— Oh ! j'oubliais que je ne vous l'ai pas dit, continua-t-elle en rejetant son chapeau en arrière, et en s'exprimant avec l'air déterminé d'une personne qui veut aller au fond des choses. Eh ! bien, cousin, j'ai entendu dire que vous parliez de mes manières envers vous comme étant plus libres — plus — importunes qu'elles ne devraient l'être. Et maintenant, dit-elle, les yeux brillans de dépit, vous voyez que cela n'était pas facile à vous dire; mais avant tout je veux être franche et je le serai toujours pour ma propre satisfaction.

À ceci, William répondit avec simplicité :

— Qui vous a dit cela ? Mary.

— Ma tante.

— A-t-elle prétendu que je le lui eusse dit ?

— Oui, et je ne me fâche pas tant de ce que vous l'ayez dit que de ce que vous l'avez pensé ; car vous savez que ce n'est pas moi qui ai fait les premiers pas vers vous ; c'est vous qui recherchâtes ma connaissance, et qui gagnâtes ma confiance. Comment donc vous, entre tous, pouvez-vous si mal penser de moi ?

— Je n'ai jamais pensé ainsi, Mary.

— Ni jamais parlé non plus ?

— Jamais. Je pensais que vous auriez pu le savoir, Mary.

— Mais... dit-elle.

— Mais, interrompit William avec fermeté, la tante Abigaïl s'est bien certainement trompée.

— Eh bien ! j'en suis aise; dit Mary, paraissant soulagée d'un poids bien lourd et baissant ses regards vers le ruisseau. Puis, elle reprit avec chaleur, en levant les yeux vers lui : Cousin, il ne faut jamais que vous ayez de telles pensées contre moi. Je suis vive et je m'exprime librement; mais je n'ai jamais pensé à vous, je n'ai jamais agi envers vous que comme une sœur.

— Et ne pourriez-vous penser à moi que de cette façon ? N'y pourriez-vous penser autrement, si mon bonheur en dépendait? Mary.

Elle se retourna, le regarda en face, et ce qu'elle lut dans ses yeux lui apporta une douce conviction. Elle se leva pour se remettre en route; mais sa main, en cherchant le bras de William, rencontra celle du jeune savant, et ce fut là la fin de la première et de la dernière querelle qui jamais s'éleva entre eux.

L'HOMME CONTENT DE LUI.

Avez-vous jamais vu le petit village de Newbury ? Non sans doute, car c'est un de ces lieux, loin de toute route fréquentée, où personne n'arrive par hasard : un petit vallon enclavé comme un nid d'oiseau entre une demi-douzaine de hautes montagnes qui le préservent du vent et des étrangers, de sorte que cet endroit est aussi expressément *sui generis* que s'il existait seul au monde. Les habitants pouvaient passer pour être tous membres de la même famille, tenant à honneur de naî-

tre, d'être élevés, d'être mariés, de mourir et d'être enterrés, pères et enfans côte à côte, au même lieu. Mais il y avait tout juste autant de maisons que de familles, et, pendant le temps que je passai dans ce charmant endroit, personne ne parut savoir ce que c'était qu'être malade ou mourir. Le fait est que les naturels du pays y vieillissaient jusqu'à la dernière limite de la vieillesse, et même, parvenus là, ils semblaient encore s'arrêter avant d'entreprendre le grand voyage.

Quant aux mœurs, les habitans de Newbury allaient toujours à leurs assemblées à trois heures de l'après-midi et rentraient au logis avant la nuit; ils suspendaient toute espèce de travail à la minute qui précédait le coucher du soleil dans la soirée du samedi; ils allaient à l'église le dimanche : voilà pour leurs usages habituels. Quant à leur science et à leurs arts, ils avaient une école avec tous ses inconvéniens ordinaires, pratiquaient l'un envers l'autre la charité du bon voisinage et étaient contens de ce qu'ils possédaient — la meilleure des philosophies, après tout. Tel était l'endroit dans lequel maître James Benton fit irruption dans l'année mil huit cent et..... n'importe combien. Maintenant, vous saurez que maître James doit être notre héros, et c'est un héros bien fait pour produire sensation ; vous auriez du moins pensé ainsi si vous eussiez été à Newbury la semaine qui suivit son arrivée.

Maître James était un de ces hommes énergiques et persévérans qui s'élèvent dans le monde aussi naturellement que le liége dans l'eau. Il possédait une bonne part de ce trait national et caractéristique nommé *acuteness*, qui signifie l'habileté de tout faire sans essayer, de tout savoir sans apprendre et de tirer meilleur parti de son ignorance que les autres de leur savoir. Cette qualité était mêlée chez James à une grande facilité de caractère et à une légère joyeuseté d'esprit.

Quant à l'apparence extérieure de notre héros, il y a peu de choses à en dire. Il avait une insolente franchise de maintien, une savante friponnerie de regard et une jovialité de manières merveilleusement triomphantes vis-à-vis des femmes.

Il est vrai que maître James avait, avec une haute opinion de lui-même, la conviction qu'il n'y avait rien dans la création qu'il ne pût apprendre et qu'il ne pût faire ; et cette foi était maintenue par une abondante et triomphante gaîté qui, tout naturellement, lui attirait les sympathies de ceux avec qui il se mettait en rapport et finissait par les rendre aussi convaincus, aussi enchantés de ses qualités et de ses avantages qu'il l'était lui-même.

Il y a deux espèces de suffisance, l'une est amusante et l'autre provoquante. La sienne était amusante. Elle semblait procéder uniquement de la légèreté et de l'exubérance d'un esprit vivace se complaisant dans tout ce qu'il trouvait d'agréable, soit en lui-même soit chez les autres. Il était toujours prêt à chanter ses propres louanges, mais toujours prêt aussi à célébrer celles de son voisin, si la conversation allait dans ce sens ; comme ses propres perfections lui étaient plus complètement connues, il s'en réjouissait plus constamment ; mais si celles de quelqu'autre lui apparaissaient au même degré, il en était tout aussi étonné et édifié que si elles eussent été siennes.

Maître James, lorsqu'il vint s'établir dans la ville de Newbury, n'avait que dix-huit ans ; il était donc difficile de dire ce qui prédominait le plus en lui, de l'homme ou de l'enfant. La ferme croyance et la ferme volonté d'être quelque chose dans le monde l'avait porté à abandonner son logis, et à s'en venir avec tout ce qu'il possédait enfermé dans un mouchoir de coton bleu, chercher fortune à Newbury. Jamais un étrange ne s'éleva à des avancemens plus rapides, ni ne cumula un plus grand nombre d'emplois. Il figurait comme maître d'école toute la semaine, comme choriste le dimanche; il enseignait dans ses soirées la lecture et le chant; en outre, il apprenait le latin et le grec avec le ministre de la paroisse, — personne ne pouvait dire quand, — se préparant ainsi pour le collége, tandis qu'il semblait faire en outre toute autre chose au monde.

James comprenait à merveille l'art d'acquérir de la popularité, et il sut se faire bien venir au foyer de toutes les maisons du pays et des environs. Il connaissai la topographie des possessions de chacun, depuis le baril de cidre et le coffre aux pommes, jusqu'à l'armoire aux confitures, venant généreusement en aide aux autres comme à lui-même; il prenait plaisir à toutes les douceurs de cette vie, dévorant les pâtés de noisettes et les chaussons de pommes des vieilles dames, de l'appétit le plus flatteur, et paraissant goûter également les choses et les gens qui se présentaient à lui.

Le degré et la diversité de ses connaissances étaient vraiment merveilleux. Il savait l'arithmétique et l'histoire, tout ce qui concernait la chasse aux écureuils et la culture du blé; il possédait le maniement de la poésie aussi bien que celui de la houe et de la bêche; il tordait la laine, enlevait les taches de graisse pour les vieilles dames et faisait des bouquets et des babioles pour les jeunes filles.

Enfin, maître James se montrait partout

      « Victoricux,
    » Heureux et glorieux, »

fêté et choyé partout et par chacun et quand, après avoir raconté sa dernière histoire de revenant, il sortait triomphalement à la fin d'une longue veillée d'hiver, vous auriez vu la rude physionomie du maître de la maison encore phosphorescente de l'éclat répandu par lui avant son départ, et vous l'eussiez entendu s'écrier dans un paroxisme d'admiration que James, réellement, surpassait tout le monde, et qu'il était certainement un garçon étonnant.

L'occupation de maître d'école était directement contraire aux tendances actives et mobiles de maître James. En outre, il y avait tant encore de l'écolier et de l'espiègle dans sa nature, qu'il ne pouvait se montrer bien sévère pour les iniquités des têtes bouclées sur lesquelles il régnait; et quand il observait la soif insatiable d'activité et de malins tours qui agitait sans cesse tous ces petits cœurs, il se sentait intérieurement plus disposé à se joindre à eux et à les aider dans quelque folle équipée qu'à rendre, comme il le devait, une justice sévère. Cette disposition aurait pu être préjudiciable à son autorité si l'activité d'esprit du maître ne se fût pas communiquée à ses élèves, comme l'action d'une petite source vive remplit une vaste manufacture d'animation et de mouvement. Ainsi il y eut une plus forte et plus efficace impulsion vers l'étude sous le gouvernement heureux et facile de James Benton que pendant tous ceux de ses prédécesseurs ou de ses successeurs.

Mais quand la classe était finie, l'esprit de James moussait aussi naturellement qu'une bouteille de sodawater; il sautait pardessus les bancs et s'élançait dehors avec autant d'empressement et de turbulence que le plus petit lutin de sa compagnie. Alors il fallait le voir galoppant dans la campagne avec l'expression de la félicité répandue dans toute sa personne, allongeant parfois sa main dans une haie pour s'emparer d'une grappe de groseilles, ou se baissant pour cueillir une fleur, ou s'arrêtant pour saluer telle respectable matrone, car James connaissait l'importance du « pouvoir existant » et il se tenait toujours du côté du soleil et des vieilles dames.

Nous ne rendrons pas compte de toutes les passions naissantes de James; elles étaient nombreuses et variées, car il possédait un de ces cœurs tendres qui tombent amoureux de toute figure de femme qu'ils rencontrent dans leur chemin; et s'il n'eût pas eu l'heureuse faculté de voir toujours un amour nouveau-né étouffer son prédécesseur, je ne sais ce qui serait advenu de lui. Mais il finit par se voir entièrement captivé, et il est temps qu'il en soit ainsi, car, ayant consacré autant de place à l'illustration de notre héros, il convient que nous fassions quelque chose pour notre héroïne.

Nous allons donc requérir encore l'attention du lecteur et essayer de lui en donner une idée générale.

Voyez-vous cette maison brune, avec son toit qui penche presque jusqu'à terre d'un côté, et sa porte d'entrée, défendue par un grand auvent? Vous avez souvent vu quelque chose de semblable sur votre passage ou dans vos rêves. Vous avez remarqué les lits de plume et les oreillers pendant aux fenêtres des chambres à coucher par une belle matinée d'été; vous vous rappelez, j'en suis sûre, la porte qui se refermait d'elle-même, grâce à sa chaîne et au poids qu'elle supportait; la fenêtre de son fournil close par une jalousie aux petites bandes brunes et donnant sur une forêt de haricots à rames. Vous vous rappelez aussi les zéphirs qui se jouaient habituellement dans les tiges sèches de ses pois, secouaient les longues bordures de son champ de blé, tandis que les choux impassibles végétaient là auprès, dans leur solennité sénatoriale. Ne voyez-vous pas encore d'ici tout cet entourage de betteraves aux feuilles pourpres et de panets emplumés, ces vagues de buissons de groseillers se roulant dans la haie entremêlés de rangées de cognassiers, et là bas, dans un coin, un petit terrain parcimonieusement accordé à l'ornement tout resplendissant de soucis, de pavots, de gueules de loup et de belles de jour?

C'est là la demeure de Timothy Griswold. Le père Tim, comme on l'appelait communément par abréviation, avait un caractère qu'un peintre aurait esquissé pour ses contrastes plutôt que pour sa symétrie. Il ressemblait à une enveloppe de châtaigne abondant en épines au dehors et en substantielle bonté au dedans. Il avait toutes les rudes aspérités du bon sens pratique, la calculatrice sagesse mondaine de cette classe de gens de la nouvelle Angleterre à laquelle il appartenait; mais le trait principal de son caractère était une pétulance bourrue qui, tenant le milieu entre la plaisanterie et l'ardeur, colorait tout ce qu'il faisait et disait.

Si vous demandiez une grâce à l'oncle Tim, il passait habituellement une demi-heure à vous prouver qu'elle vous était réellement nécessaire, mais qu'il ne pouvait pas être sans cesse au service de l'un ou de l'autre. Pendant qu'il parlait, vous pouviez observer qu'il se préparait à vous accorder votre requête, et voir, par un singulier éclat de son œil, qu'il allait vous faire entendre sa conclusion ordinaire, qui était : « Bien, » bien..... je devine..... je le suppose, du moins. » Làdessus, il allait se remettre au travail pour jusqu'à la fin du jour, et vous quittait en concluant par une dernière exhortation « de ne pas déranger vos voisins quand vous pouviez faire autrement... » Si quelqu'un des voisins de Tim était dans l'embarras, il ne manquait pas de lui dire qu'il n'aurait pas dû faire ainsi, qu'il était bien singulier qu'il n'eût pas plus de bon sens; mais il terminait toujours ses remontrances en travaillant plus diligemment que tous les autres pour lui venir en aide, murmurant toujours, cependant, et se plaignant qu'il y eût des gens assez mal avisés pour déranger les autres de leurs propres affaires.

— Père Tim, mon père demande si vous voulez lui prêter votre houx pour aujourd'hui? disait un petit garçon en passant à travers un champ de blé.

— Pourquoi ton père ne se sert-il pas de la sienne ?

— La nôtre est cassée.

— Cassée ! Comment l'a-t-on cassée ?

— C'est moi qui l'ai cassée hier en essayant d'atteindre un écureuil.

— Quel besoin avais-tu d'attraper des écureuils avec une houx ? Dis, mon drôle !

— Mais mon père m'a chargé de vous demander...

— Pourquoi n'a-t-il pas raccommodé la sienne ? C'est une grande importunité que chacun veuille se servir de ce qui m'appartient.

— Hélas ! j'en vais aller emprunter une quelqu'autre part, disait l'enfant.

Après qu'il avait traversé en bronchant la terre labourée, et qu'il était parvenu à la limite du champ, Tim l'appelait :

— Ohé, ici, petit coquin ! Pourquoi pars-tu sans la houx ?

— Je ne savais pas que vous consentiez à m'en prêter une.

— Je n'ai pas dit que je ne le voulais pas ; l'ai-je dit ? Viens la chercher... non, attends-moi, je vais te l'apporter ; mais dis bien à ton père de ne pas te laisser une autre fois aller à la chasse aux écureuils avec sa houx.

La famille de Tim était composée de Sally, sa femme, d'une fille et d'un fils, lequel, au moment où cette histoire commence, achevait son éducation dans une institution littéraire du voisinage. Sally se distinguait autant par son abord facile et la douceur de ses manières, que son mari par le genre tout opposé.

C'était une de ces respectables, agréables vieilles dames que vous avez souvent rencontrées sur le chemin de l'église un dimanche, armée d'un grand éventail et d'un livre de psaumes, et portant quelques écorces d'oranges séchées, ou une provision d'anis pour donner aux enfans, s'ils s'assoupissaient pendant l'office. Elle était aussi joyeuse et serviable que la bouilloire à thé qui chantait auprès de son feu, elle se glissait à travers les angles et les singularités de Tim, comme si c'était la chose du monde la plus facile, et deux rayons, l'un de bienveillance et l'autre de bonne humeur, semblaient être tombés du ciel pour envelopper de la même auréole lumineuse cette bonne vieille tête.

Quant à miss Grace — c'était le nom de leur fille — jolie dans sa personne et agréable dans ses manières, douée d'un grand nombre de qualités naturelles, adroite, vive et causeuse, ayant ses idées et ses volontés propres et, cependant, se prêtant à celles des autres, elle plaisait à chacun. Une dame de la ville aurait été bien étonnée en voyant comment Grace, qui jamais de sa vie n'était sortie de Newbury, connaissait la manière de parler et d'agir et se comportait, en toute occasion, exactement comme si on lui eût enseigné tous les usages du monde. Elle ressemblait à une de ces fleurs sauvages que vous avez pu voir quelquefois agitant sa petite tête dans les bois et paraissant tellement civilisée, tellement semblable aux fleurs de nos jardins, que vous vous demandiez tout surpris si réellement elle avait été plantée et cultivée dans ces lieux par les seuls soins de la nature. Grace était savante dans tous les travaux du ménage, et il y avait quelque chose d'étrangement gracieux dans la manière énergique dont elle procédait à la maison pour mettre toutes choses en ordre.

Comme beaucoup d'autres jeunes demoiselles, elle soupirait ardemment après l'arbre de science, et, ayant épuisé la fontaine littéraire de l'école du district, elle lisait tout ce qu'elle pouvait se procurer. Le pays fournissait peu d'alimens à cette soif d'instruction ; mais sur le peu qu'elle avait lu, elle s'était fait des idées et

des jugemens personnels ; de sorte qu'une personne instruite, en causant avec elle, aurait éprouvé un constant et merveilleux plaisir à voir qu'elle trouvait beaucoup plus à dire sur ceci, sur cela, sur tout en général, qu'on n'eût pu l'attendre, eu égard à son éducation inculte.

Le vieux Tim, comme tous les autres, subissait l'influence magique de sa fille, et se complaisait dans l'orgueil qu'elle lui inspirait ; ce qu'il témoignait à sa manière, c'est-à-dire en s'étonnant que les jeunes gens fussent si empressés de venir voir Grace, car elle n'avait rien de si extraordinaire, après tout. Pour ce qui concernait l'intérieur de la maison, elle agissait ordinairement à sa tête, quoique le père Tim murmurât et cédât à la fois avec une régulière bonne grâce toutà-fait estimable.

— Mon père, disait un jour Grace, je voudrais réunir nos amis la semaine prochaine.

— Laissez-moi tranquille avec vos parties de plaisir, Grace ! Il faut ensuite que je mange des restes pendant quinze jours, et cela ne me convient point.

Là-dessus, le père Tim se mettait en route et Sally avec miss Grace procédaient à la confection des gâteaux et des pâtés pour la partie projetée.

Quand Tim rentrait à la maison, il voyait un formidable arrangement de pâtés et de longues rangées de gâteaux sur la table de cuisine.

— Grace... Grace... Grace, vous dis-je ! Pourquoi tout cet amas de provisions ?

— Pourquoi ?... Mais pour manger, mon père, disait Grace avec un charmant regard plein d'assurance et de sérénité.

Le père Tim faisait son possible pour paraître fâché ; mais son visage s'éclaircissait malgré lui en regardant sa joyeuse fille ; aussi il ne disait rien, mais s'asseyait tranquillement pour dîner.

— Père, disait Grace après le repas, il nous faudra encore deux flambeaux pour la semaine prochaine.

— Quoi ! ne pouvez-vous vous contenter pour votre réunion de ceux que vous avez déjà ?

— Non, père, il nous en faut deux de plus.

— Je ne vous les donnerai pas, Grace, — il n'y en a nul besoin, — vous ne les aurez pas.

— Oh ! père, je vous en prie, disait Grace.

— Non, certainement, répondait Tim en s'élançant hors de la maison, et prenant la route du magasin de Robert Morris.

Au bout d'une demi heure il revenait, et tâtonnant dans sa poche, il en tirait un flambeau et le présentait à Grace.

— Voici votre flambeau.

— Mais, père, je vous avais dit qu'il m'en fallait deux.

— Quoi ! un seul ne peut-il suffire ?

— Non, vraiment, il m'en faut deux.

— Eh ! bien, donc, voici l'autre, et de plus un ruban pour mettre à votre cou.

Ayant ainsi parlé il s'enfuyait en toute hâte.

C'était ainsi, la plupart du temps, que se passaient les choses dans la maison brune.

Mais nous nous sommes arrêtés peut-être trop longtemps en chemin, arrivons maintenant à l'histoire principale.

James pensait de miss Grace qu'elle était l'une des gloires de Newbury ; quant à l'opinion de miss Grace sur maître James, elle n'aurait peut-être jamais songé à se demander ce qu'elle en pensait, si elle ne se fût vue appelée à prendre sa défense auprès de son père. Du moment où tout le village de Newbury s'était uni dans un concert d'éloges en faveur du jeune maître d'école, Tim, en effet, était devenu son opiniâtre détracteur. Pour ne pas avoir l'air d'être de l'avis de tout le monde, il prit à tâche de contredire hautement tout ce qui serait dit en sa faveur, et pour cela il n'avait pas besoin de sortir de chez lui, James étant en grande faveur auprès de dame Sally.

Aussi, quand Grace s'aperçut que son père n'appréciait pas notre héros comme il le méritait, se crut-elle obligée en conscience à l'en dédommager, en lui accordant, pour sa part, une dose de bienveillance plus qu'ordinaire. Il est certain que le hasard, le hasard toujours complice des jeunes cœurs, leur fournissait sans cesse de nouvelles occasions de se trouver ensemble. A la sortie de la classe de chant, plus d'une fois James avait dirigé sa promenade par les chemins que la jeune fille suivait ordinairement pour retourner chez elle. Dans une visite à dame Sally, il avait même offert de remplacer le vieux pot d'un beau géranium appartenant à Grace par une caisse nouvelle construite sur un plan nouveau et avec des améliorations inventées par lui : c'est assez dire qu'il comblait de soins et d'attentions la mère de Grace, trait de politique profonde qui prouvait le génie naturel de James dans la science des chemins détournés.

James jouait assez bien de la flûte, c'était un de ses moyens de séduction ; l'on arrive si bien au cœur par les oreilles ! Mais de tous les éloges qu'on faisait du jeune maître d'école, le titre de bon musicien, plus qu'autre chose, exaspérait le père de Grace... Bref, malgré tous ses efforts pour se faire bien recevoir de tous les hôtes de la maisonnette aux barreaux bruns, la manière d'être de Tim envers James n'était rienmoins qu'encourageante, et il n'y avait pas de chance que celui-ci lui permît jamais l'entrée de sa maison autrement que dans ces visites de politesse qu'on se rend de loin en loin à des époques réglées par les bienséances.

Aux bonnes paroles et aux bienveillans discours de Sally, Tim répondait seulement qu'il n'aimait pas cet étranger ; que lorsqu'il passait aux alentours de l'école, le son de sa flûte lui donnait affreusement sur les nerfs ; qu'il ne pouvait tolérer de le voir s'agiter toujours et partout comme s'il était chez lui. « Je — n'aime pas — ce monsieur, ajoutait-il en distançant ses mots comme s'il eût voulu prouver qu'il ne les prononçait qu'après en avoir bien étudié la portée, et je ne veux pas — en entendre — parler. »

Je ne sais si l'écho avait porté à James un aussi formel arrêt, toujours est-il que, du caractère dont nous le connaissons, il n'était pas homme à se laisser abattre ou déconcerter par l'aspect récalcitrant et les peu bienveillantes dispositions du père Tim à son égard.

— Eh bien ! James, lui dit un jour un sien compagnon, son confident et son conseiller, pensez-vous toujours plaire à Grace ?

— Je ne sais, répondit le présomptueux jeune homme avec l'air triomphant d'une certitude complète.

— Mais vous ne pourrez l'obtenir si le père Tim se met à la traverse.

— Bast ! je puis bien plaire aussi au père Tim , s'il me prend envie de l'essayer.

— Eh bien , James , je vous le dis, il faut renoncer à votre flûte.

— Fa, sol, la, — je lui plairai et ma flûte aussi.

— Ah ! vraiment ; et comment vous y prendrez-vous donc ?

— Nous y songerons.

— Eh bien, James, je vous le dis, si vous parlez ainsi, c'est que vous ne connaissez pas le père Tim.

— Je connais le père Tim beaucoup mieux que personne ; il n'est pas plus entêté que moi ; il n'y a rien autre chose à faire avec lui que de lui faire penser qu'il est dans son propre chemin quand il est dans le vôtre... voilà tout.

— Soit, dit l'autre ; mais je ne crois pas que vous réussissiez.

— Je vous parie un écureuil gris que j'entrerai chez lui, ce soir même et que je lui ferai aimer moi et ma flûte, dit James.

En conséquence, le dernier rayon de soleil de cet après-midi brillait sur les boutons jaunes du vêtement de James, lorsqu'il se rendit sur le théâtre de la guerre. C'était un soir brillant et beau. Un orage avait épuré l'air, les nuages argentés s'enroulaient par masses autour du soleil couchant ; les gouttes de pluie étincelaient sur la pointe des feuilles, et les chardonnerets et les rouges-gorges, éclatant en chansons, rendaient le petit vallon vert aussi gai qu'une boîte à musique. De l'âme de James débordait sans cesse cette espèce de poésie qui consiste en sentimens inexprimablement heureux, et il n'est pas étonnant, quand on considère le but de sa course, qu'il sentît une double extase dans la présente circonstance. Il avançait gaîment, tantôt se penchant à sa droite au-dessus d'une haie, pour voir si la pluie avait fait enfler le ruisseau aux truites, ou bien à sa gauche pour remarquer que les melons d'eau du jardinier mûrissaient ; car James, vous le savez déjà, portait autant d'intérêt aux affaires des autres qu'aux siennes propres.

Il procéda de cette manière jusqu'à ce qu'il fût parvenu à la haie sèche qui marquait le commencement des possessions du père Tim. Là il s'arrêta pour examiner les lieux et aviser au moyen qu'il emploierait pour s'y ménager une entrée favorable à ses projets. Le ciel voulut qu'en ce moment même, quatre ou cinq tranquilles moutons, arrêtés en face de l'enclos et cessant de brouter l'herbe qui poussait aux deux côtés de la route, se missent, après un moment de délibération, à franchir la haie que le chef de la bande avait ouverte en renversant une pièce branlante de l'enceinte.

— Bien, mon maître, avait dit James en voyant que le premier des moutons s'insinuant témérairement à travers la brèche, allait être suivi immanquablement du reste de la troupe, entrez, entrez, voilà ce qu'il me fallait !

Et après avoir attendu un moment que toute la compagnie fût passée, il courut en toute hâte vers la maison.

— M. Tim, s'écria-t-il en arrivant tout hors d'haleine, alerte ! il y a quatre ou cinq moutons dans votre jardin.

Le père Tim laissa tomber sa faulx et la pierre qui lui servait à l'aiguiser.

— Restez, restez, je vais les chasser , reprit notre héros ; il s'élança dans l'allée du jardin et fit une furieuse descente sur l'ennemi, s'escrimant, comme dit Bunyan, « avec vigueur et grand courage, » jusqu'à ce que chaque mouton fût sorti plus vite qu'il n'était entré.

L'invasion aussi lestement réprimée , James sauta par dessus la haie, saisit une grosse pierre, et enfonça le pieu si solidement qu'aucun envahisseur ne pouvait plus raisonnablement entretenir l'espoir de rentrer dans la place. Ce fut là l'ouvrage d'une minute ; il rentra dans le jardin , mais il était si essoufflé qu'il dût s'arrêter un moment à l'ombre d'un arbre voisin du lieu où travaillait le père Tim. Celui-ci, préoccupé du service que l'étranger venait de lui rendre, le regardait de mauvaise grâce, et semblait peu satisfait de le voir ainsi chez lui.

— Que diable aviez-vous à décamper ? dit-il ; j'aurais bien renvoyé moi-même ces animaux !...

— Si vous tenez particulièrement à les renvoyer vous-même, je vais les faire rentrer, reprit James.

Le père Tim le regarda avec une étrange sorte de clignement dans le coin de l'œil.

— Si je vous priais d'entrer à la maison, dit-il.

— Bien obligé, dit James, mais je suis très pressé.

En parlant ainsi, il se dirigea vers la porte du jardin d'un air très affairé.

— Vous auriez dû rester une minute.

— Je ne puis rester un instant.

— Je ne sais ce qui vous tient pour être sans cesse pressé ; on dirait que vous avez toute la création sur les épaules !

— C'est justement ma situation, dit James en poussant la porte.

— Ah ! bah ! quoi qu'il en soit, il faut que vous buviez un verre de cidre, dit le père Tim, qui en était maintenant arrivé à vouloir forcer James à faire ce qu'il croyait être sa volonté propre.

Le jeune homme trouva convenable d'accepter cette invitation, et Tim se montra aussi hospitalier envers lui que s'il eût, le premier, provoqué cette rencontre.

Une fois introduit de force dans la place, James trouva bon d'oublier la longue course qu'il avait à faire et l'excès de ses occupations, surtout au moment où il vit Sally et miss Grace rentrer à la maison. La dernière chose que ces dames s'attendissent à voir, c'était assurément Tim et maître James assis tête à tête auprès d'un pichet de cidre, et, lorsque à leur arrivée, notre héros tourna sur elles les yeux d'un air malin, miss Grace, en particulier, fut si étonnée, qu'elle mit au moins un quart d'heure à dénouer les rubans de son chapeau.

James resta, et fit très bien ses affaires dans cette séance. D'abord il lui fallut descendre au jardin pour voir les merveilleux choux du père Tim, puis il se promena autour du champ de blé, s'arrêtant de temps à autre et levant les yeux d'un air ravi, comme s'il n'avait jamais vu champ pareil dans toute sa vie, puis il examina le pommier favori de Tim avec l'expression d'une admiration profonde.

— Quel bel arbre ! s'écria-t-il en s'arrêtant pour le contempler ; quelle espèce de pommes est-ce ? demanda-t-il.

— Pommes de Calvil, monsieur, ou quelque chose d'approchant, répondit le père Tim.

— Ah ! et où vous êtes-vous procuré un aussi bel arbre ? Je n'ai jamais vu des pommes pareilles, dit notre héros, les yeux toujours fixés sur l'arbre.

Le père Tim arracha quelques mauvaises herbes et les jeta par dessus la haie, comme pour n'avoir pas l'air de faire attention à ce qui se disait, puis il s'avança et s'arrêta auprès de James.

— Mon Dieu ! cet arbre n'a rien de bien remarquable, à mon avis, lui dit-il.

A ce moment, Grace vint dire que le souper était prêt. Une fois assis à table, il était étonnant de voir avec quelle parfaite et souriante assurance notre maître d'école continua ses soins pour Tim. C'est quelquefois une très bonne politique pour nous faire aimer des gens que de paraître supposer qu'ils nous aiment déjà ; James procéda de ce principe. Il rit, il parla, il raconta des histoires et plaisanta avec la plus gracieuse aisance, aidant souvent à l'effet de ses discours en regardant le père Tim en face, avec tant d'abandon et de confiance qu'il y avait de quoi fondre toutes les montagnes de glace que les préjugés avaient pu amasser autour du cœur de ce bonhomme.

James avait une faculté naturelle plus utile que toute la diplomatie de l'Europe, c'était le don d'éprouver un intérêt réel pour qui que ce soit, au bout de cinq minutes ; de façon que s'il commençait à plaire par la plaisanterie, il finissait généralement par l'affection. Avec une grande simplicité d'esprit, il avait un tact naturel pour pénétrer chez les autres, et il examinait leurs mouvemens avec autant de plaisir qu'un enfant examine les rouages et les ressorts d'une montre.

Le rude extérieur et la bonté intérieure du père Tim étaient un intéressant sujet d'étude, et quand le thé fut desservi et que James et Grace se trouvèrent ensemble par hasard dans le jardin devant la porte d'entrée, il s'écria :

— J'aime réellement votre père, Grace.

— En vérité ! dit la jeune fille.

— Oui, vraiment ; il y a quelque chose en lui qu'il faut aller pêcher, et je ne l'en aime que mieux pour cela.

— Eh bien ! j'espère que vous vous ferez aimer de lui, dit Grace sans réflexion. Puis elle s'arrêta toute confuse.

James était trop bien élevé pour s'apercevoir de cela ou plutôt il ne sembla pas avoir compris la signification réelle du mot échappé à la jeune fille, et il répondit simplement :

— J'espère y parvenir, Grace ! Bien que je doute si je pourrai jamais l'amener à en convenir.

— C'est l'homme le meilleur du monde, mais il agit toujours comme s'il avait honte de l'être.

James fit quelques pas dans le jardin. Il regarda le ciel brillant du soir qui resplendissait comme une calme mer dorée ; il secoua les gouttes d'eau restées sur une touffe de rosiers placée près de là et les suivit de l'œil tandis qu'elles brillaient en tremblant. Grace restait près de lui, attendant qu'il parlât.

— Grace, dit-il enfin, j'irai au collège cet automne.

— Vous me l'avez dit hier, répondit Grace.

James s'arrêta devant le beau géranium dont il avait récemment construit la caisse et il se mit à en ôter toutes les feuilles mortes. Puis il risqua cette question :

— Et si je parviens à me faire aimer de votre père, Grace, m'aimerez-vous aussi ?

— Mais je vous aime déjà, dit Grace avec enjouement.

— Allons, Grace, vous savez ce que je veux dire, reprit James en regardant fixement le tronc d'un pommier.

— Eh ! bien, je souhaite que vous compreniez ce que je veux dire sans être forcée à rien ajouter de plus à ce sujet, dit Grace.

— Oh ! cela me suffit, reprit-il en levant vers elle un regard très intelligent et très intelligible.

Ainsi, comme disait la mère Sally, les choses furent convenues sans plus de paroles.

Dirons-nous maintenant comment notre héros, quand il vit le père Tim sortir de la maison pour les rejoindre, eut l'impudence de tirer sa flûte de sa poche, d'en ajuster ensemble les différentes parties, les vissant et les examinant avec une grande tranquillité...

— Père Tim, dit-il enfin en levant les yeux vers lui, voici la meilleure flûte que j'aie jamais vue.

— Je déteste cet instrument, dit le père Tim avec aigreur.

— C'est étonnant, dit James, car, à coup sûr, il surpasse...

En parlant ainsi, il porta la flûte à sa bouche et en fit sortir un long et mélodieux prélude.

— Eh bien ! que pensez-vous de cela, dit-il en se mettant en face du père Tim et en le regardant d'un air enchanté.

Le père Tim lui tourna le dos, et fit quelques pas pour rentrer dans la maison ; mais il se retourna bientôt en entendant James jouer l'air : « Yankee Doodle, » cet air national si cher aux descendans des Puritains.

Le patriotisme du père Tim commença à s'agiter en lui, et si c'eût été tout autre instrument qu'une flûte, disait-il, il aurait pris plaisir à l'entendre et à suivre les mouvemens des doigts du musicien.

— Comment diable avez-vous pu apprendre à faire cela ? dit-il, enfin, après s'être livré, comme malgré lui, à une contemplation curieuse des mouvemens du jeune homme.

— Oh ! ce n'est pas bien difficile, dit James en recommençant dans un autre ton.

Mais ayant joué quelques instans, il s'arrêta pour examiner les jointures de sa flûte, et en même temps s'adressant au père Tim :

— Vous ne sauriez croire combien ceci est excellent... Je m'en sers toujours pour donner le ton à l'office du dimanche.

— Oui, mais je ne pense pas que ce soit là un instrument décent et convenable pour la maison du Seigneur, reprit le père Tim. Il manque de solennité.

— De solennité ! s'écria James, cela dépend de la manière de s'en servir. Écoutez plutôt.

En parlant ainsi, il fit résonner gravement l'air *Old hundred* et le mena jusqu'à la fin avec beaucoup de persévérance.

— Eh bien ? demanda-t-il après.

— Eh bien ! eh bien ! reprit le père Tim, j'en suis pour ce que j'ai dit, la vue de cet instrument me déplaît et me semble peu convenable dans une pieuse assemblée.

— Et cependant vous pensez qu'il vaut mieux que rien, dit James ; car, vous le voyez, je ne pourrais pas donner le ton sans cela.

— Que cela soit ce qu'on voudra, reprit le père Tim, mais *cela* ne signifie pas grand'chose, mon garçon !

Cela, cependant, était assez pour maître James qui, bientôt, partit avec sa flûte dans sa poche, et les derniers mots de Grace dans son cœur, en se disant à lui-même : Pourvu, maintenant, que la mère Sally n'aille pas chanter mes louanges, car tout serait à recommencer !

Maître James n'avait pas cédé à des craintes chimériques, lorsque, s'éloignant du jardin du père Tim, il faisait des vœux pour que la mère de Grace, en faisant son éloge, ne vînt pas détruire l'effet de cette première rencontre.

Quand, le lendemain, Sally, dans la bonté de son cœur, laissa échapper cette réflexion : « J'étais sûre, Tim, que vous finiriez par aimer James, » le père Tim répondit brusquement : « Vraiment, Sally, et qui donc a dit que j'aimais votre James ?

— Mais assurément vous sembliez vous plaire avec lui hier soir.

— Pouvais-je le mettre à la porte, le pouvais-je ? dites. Je ne pense pas autre chose de lui que ce que j'ai toujours pensé, sachez-le bien, femme.

Le père Tim se contenta pourtant, cette fois, de cette vague affirmation, sans entrer dans aucun détail, ainsi qu'il le faisait autrefois. Il était évident que la glace commençait à fondre, mais elle aurait été longtemps à se dissoudre complètement si des incidens inattendus n'étaient venus en aide à notre héros.

Il arriva que, à peu près vers cette époque, George Griswold, ce fils de qui nous avons déjà parlé, revint dans son village natal, après avoir complété ses études théologiques dans une institution voisine. Il est intéressant d'observer le développement graduel de l'esprit et du cœur à partir du moment où l'enfant, à la tête blonde, quitte le village pour le collège, jusqu'au moment où il revient, homme mûr et formé ; il est intéressant de voir comment la rouille des préjugés de l'enfance commence à se détacher de lui, comment ses opinions, ainsi que son écriture, passent des formes indécises d'un écolier de village à la fermeté du caractère qui doit distinguer l'homme pour la vie. Ce changement, chez George, était remarquablement frappant. Il était doué par la nature d'une délicatesse de sentiment et d'une profondeur de réflexion peu communes, qualités qui, presque toujours, rendent un enfant tardif et peu intéressant dans les premières années de son existence.

Quand il avait quitté Newbury pour le collége, il était, en apparence, un garçon phlegmatique et taciturne, ne témoignant ses émotions que par sa rougeur, et paraissant singulièrement stupéfié quand quelqu'un lui parlait.

Les vacances succédaient les unes aux autres, et il reparaissait à chaque fois changé ; et lui qui, autrefois, fuyait le regard du doyen et ne savait que devenir lorsqu'il rencontrait le ministre, se présentait maintenant parmi les dignitaires de l'endroit avec la tranquille assurance d'un être supérieur.

Il y avait seulement en lui ceci de regrettable, qu'à mesure que l'esprit progressait, l'énergie physique semblait décroître, et qu'à chaque visite qu'il faisait au logis on le trouvait plus pâle, plus maigre et moins apte, quant aux forces extérieures, à la profession sacrée à laquelle il s'était dévoué. Mais maintenant il revenait ministre, ministre véritable, avec le droit de monter en chaire et de prêcher, et faisant la joie et la gloire de sa mère et aussi de son père, bien que celui-ci parût honteux de l'avouer.

Le premier dimanche après son arrivée, on sut dans tous les environs que George Griswold devait prêcher ; et jamais il n'y eut d'auditoire plus empressé et plus attentif.

Quand le moment de l'explication du premier psaume fut venu, vous eussiez vu les hommes aux têtes blanches tournant attentivement leurs visages vers la chaire, les attentives et impatientes vieilles femmes, avec leurs petits chapeaux noirs, s'avançant pour voir l'orateur. Les enfans regardaient, parce que tout le monde regardait ; le père Tim, assis sur le banc d'honneur, composait son visage, tandis que Sally laissait librement rayonner sur le sien son orgueil et sa joie maternelle ; et Miss Grace élevait sa douce figure vers son frère, comme une fleur vers le soleil. Quant à notre ami James, il se tenait dans la galerie en face, tempérant son joyeux maintien par un air d'attente et le respect qui prouvait l'intérêt qu'il prenait à ce moment solennel... En un mot, jamais assemblée mieux disposée et plus attentive ne salua les premiers efforts d'un jeune ministre.

La voix du frère de Grâce, éloquente par l'expression d'une émotion puissante quoique contenue, se répandit comme une mélodie sur l'auditoire, commandant à tous le silence et disposant un chacun à l'attendrissement. Le sermon porta le caractère d'une grande énergie accompagnée d'une vive intelligence et la constante abondance des argumens et des citations prouva que la science et l'étude avaient complété cette alliance. Mais ce qui surtout vivifia son éloquence, ce fut l'expression à demi-voilée de son affection pour sa patrie et pour sa famille qui dominait tout le discours et rayonnait dans ses moindres parties.

Quand le service fut fini, l'assemblée se dispersa avec l'apparence de gens qui ont senti plutôt qu'entendu, et la seule appréciation qui alors fut formulée sur le sermon du jeune ministre donne à penser quel fut l'effet général de son début, car personne n'éleva la voix pour le contredire. Le vieux doyen Hart, un intègre et malin bonhomme, regardant le jeune prédicateur avec une émotion qu'il ne pouvait contenir, s'écria :

— C'est une créature bénie ! et je ne me suis jamais senti si près du ciel. Oui, c'est une créature bénie du Seigneur... Voilà mon opinion sur lui !

Quant à notre ami James, il avait été d'abord attendri, puis il se sentit profondément ému, et enfin entièrement absorbé par le discours ; ce ne fut seulement que quand l'assemblée se sépara qu'il commença à s'apercevoir où il était réellement.

Avec toute son activité versatile, James avait une plus grande profondeur de capacité intellectuelle qu'il ne le soupçonnait lui-même ; il commença par se sentir attiré par une sorte d'affinité électrique vers l'esprit qui l'avait touché d'une manière si nouvelle pour lui ; et quand il vit le doux ministre arrêté au pied des marches de la chaire, il alla directement vers lui.

— J'ai besoin de vous entendre encore, dit-il, avec une physionomie pleine d'ardeur ; puis je vous accompagne chez vous ?

— C'est une longue et chaude promenade, répondit le jeune ministre en souriant.

— Oh ! je ne m'embarrasse pas de cela, si je ne vous suis pas importun, dit James.

La permission une fois accordée, vous les auriez vu passer sous les arbres, James donnant cours à un flux de questions que la soudaine impulsion de son esprit avait fait naître en lui, et posant à son guide plus de problèmes qu'il n'en eût pu résoudre en un mois entier.

— Je ne puis répondre maintenant à toutes vos questions, dit celui-ci, lorsqu'ils furent arrivés à la porte du père Tim.

— Eh bien ! donc, quand vous reverrai-je ? demanda James avec ardeur. Permettez-moi de venir vous retrouver ce soir.

Le ministre sourit en signe de consentement, et James partit si plein de nouvelles pensées, qu'il passa auprès de Grace sans la voir. Dès ce moment commença entre les jeunes gens une amitié profonde qui nous semble un témoignage de plus des affinités des contraires, amitié semblable à celle que pourraient contracter entre eux le matin et le soir : fraîcheur et radieuse gaîté d'une part, douceur et paix mélancolique de l'autre.

Le jeune ministre, miné par d'anciennes et continuelles souffrances, par la ferveur de ses sensations et la profondeur de ses pensées habituelles, prenait plaisir à la légèreté joyeuse d'un esprit jeune, inépuisable, tandis que James se sentait calmé et rendu meilleur par l'influence de son ami. C'est la marque d'un esprit supérieur de comprendre et de sentir la supériorité des autres, et James se trouvait dans ce cas. L'ascendant que son nouvel ami acquit sur lui était illimité et fit plus en un mois pour son développement moral que quatre ans passés au collège.

Nos habitudes religieuses retiennent ordinairement l'impression du premier sceau dont elles sont marquées, et, pour James, il était heureux qu'il en fût ainsi.

Le calme, la sérénité, la solidité de principes, la douce dévotion de son ami formèrent un juste contrepoids à la turbulente, énergique et mobile disposition de son caractère, et éveillèrent en lui un certain ordre de sentimens sans lequel le meilleur esprit doit toujours rester incomplet.

L'effet des prédications du jeune ministre, en attirant l'attention de toute la population du pays sur les sujets qu'il était appelé à traiter, fut bientôt sensible, et son cœur en ressentit une grande joie. Mais cette joie même entretenait en lui une exaltation au dessus de ses forces, et bientôt il sentit les sources de sa vie se ralentir et s'épuiser de jour en jour. Pour les esprits les mieux réglés, il y a quelque chose d'amer dans l'abandon des projets que nous avons longtemps et laborieusement préparés, et il y a quelque chose de plus amer encore dans la destruction des espérances longtemps caressées par nos amis les plus chers. George sentait tout cela. Il ne pouvait contempler sa mère, suspendue à ses paroles et suivant ses pas avec une expression de ravis-

sement presque enfantine, et son père, dont toute l'ambition mondaine était concentrée dans ses succès, sans penser avec déchirement que la « lumière de leur vieillesse » allait bientôt s'éteindre. Quand il revenait à la suite d'un succès nouveau, il souffrait de voir son vieux père si ostensiblement ravi et pourtant si soigneux de cacher son orgueil.

Si George était engagé dans quelque argumentation, il s'asseyait auprès de lui la tête inclinée, le regard perçant sous ses épais sourcils bruns, et une satisfaction, peu habituelle chez lui, rayonnant dans toute sa personne. Les expressions de tendresse qui nous viennent de gens naturellement doux et affectueux ne nous émeuvent pas, à beaucoup près, autant que celles qui s'échappent involontairement du cœur des gens rudes et sincères, et George était profondément peiné par l'évident orgueil qu'il inspirait à son père et les tendres égards que celui-ci lui témoignait.

— Il n'a jamais été ainsi pour personne, pensait-il, que deviendra-t-il si je meurs ?

Ce fut dans de pareilles pensées que Grace trouva son frère engagé un tranquille matin d'automne, tandis qu'il se tenait appuyé contre la clôture du jardin.

— Quelles graves pensées vous occupent pendant cette radieuse journée, frère ? dit-elle en venant à lui.

Le jeune homme se retourna et contempla le visage joyeux de la jeune fille avec un sombre sourire.

— Que vous êtes heureuse, Grace !

— Assurément, je le suis ; et vous devriez l'être aussi, parce que vous êtes meilleur que moi.

— Je suis heureux, Grace... c'est à dire que j'espère bien le devenir.

— Vous êtes malade, je le sais, dit Grace, vous paraissez accablé ; oh ! je voudrais que votre cœur pût refleurir comme le mien !

— Je ne suis pas bien, chère Grace, et je crains de ne pas guérir, dit-il en se retournant et fixant ses yeux sur les arbres jaunissans.

— Oh ! George ! cher George ! ne dites pas cela ; vous brisez nos cœurs, s'écria Grace les larmes aux yeux.

— Cela est pourtant vrai, chère sœur ; je ne l'ai jamais senti aussi vivement qu'aujourd'hui. Mais, ajouta-t-il, qu'est-ce que quelques jours de plus ou de moins sur cette terre ?

Ce fut seulement la semaine qui suivit cet entretien, qu'un froid violent hâta les progrès de sa faiblesse et la changea en une maladie déclarée. Il déclinait à vue d'œil. La pauvre Sally, dans les illusions de son cœur maternel, se disait chaque jour qu'il serait bientôt mieux, et Tim résistait à une douloureuse conviction avec toute la persistance obstinée de son caractère, tandis que le malade ne se sentait pas le courage de les détromper.

James venait maintenant tous les jours au logis, exerçant autant qu'il le pouvait son énergie, son industrie au profit de son ami, et quelqu'un qui l'aurait vu dans son temps de gaillardise et d'agitation perpétuelle, aurait eu peine à le reconnaître dans cet être dont le pas était si léger, dont l'œil était si vigilant, dont la voix et les mouvemens avaient tant de douceur auprès du lit du malade. Mais la même subtilité qui rend un esprit léger dans la joie, le fait souvent devenir doux et sympathique dans la douleur.

Les premières lueurs du matin allaient bientôt éclairer la chambre du malade. George avait passé une nuit agitée et fiévreuse, mais vers le jour il était tombé dans un léger assoupissement, et James était assis à son côté retenant sa respiration de crainte de l'éveiller.

Il faisait encore sombre, mais le ciel, à l'horizon, s'illuminait d'un doux éclat, et les étoiles commençaient à disparaître; toutes, excepté celle du matin, restée seule à l'est, et qui semblait regarder avec tendresse, comme l'œil de notre Père céleste veillant sur nous quand toute afection terrestre se flétrit.

George s'éveilla avec une expression placide et recueillie, et fixant ses regards sur le ciel brillant, il murmura doucement :

Le doux, l'immortel matin répand
Son coloris de pourpre autour des mondes.

Un moment après, une ombre passa sur son visage; il appuya ses doigts sur ses yeux, et des larmes coulèrent silencieusement sur son oreiller.

— George ! cher George ! dit James en se penchant vers lui.

— Mes amis... mon père... ma mère... c'est pour vous... dit-il, d'une voix défaillante.

— Jésus-Christ veillera sur eux, dit James avec douceur.

— Oh oui ! je le sais ; car il aima les siens qui étaient dans ce monde ; il les aima jusqu'à la fin. Mais je vais mourir... avant d'avoir fait aucun bien.

— Oh ! ne parlez pas ainsi, dit James ; vous avez déjà beaucoup fait, quand ce ne serait que pour moi ! Dieu vous bénisse pour cela ! Oui, Dieu vous bénira pour le bien que vous m'avez fait; ce bien vous accompagnera au ciel ; il m'y fera entrer avec vous. Je suivrai vos enseignemens ! J'y consacrerai toute ma vie, toute mon âme , toutes mes forces ; et alors ce ne sera pas en vain que vous aurez vécu.

George sourit et leva les yeux ; son visage semblait être celui d'un ange ; James continua avec chaleur :

— Et ce n'est pas moi seulement qui puis parler ainsi ; nous vous bénissons tous; votre souvenir restera gravé dans tous les cœurs.

— Dieu soit béni ! dit George.

— Dieu soit béni, répéta James. Je le bénis de vous avoir connu, nous le bénissons tous et nous vous aimons, nous vous aimons pour toujours.

La lueur qui avait éclairé le pâle visage du mourant s'éteignit tandis qu'il disait :

— James, il faut que je prévienne mon père et ma mère; je le dois... Mais comment le pourrai-je ?

Au même moment, la porte s'ouvrit, et Tim parut. Il sembla frappé de la pâleur de George , et, s'approchant de son lit, il lui tâta le pouls et posa avec anxiété sa main sur le front moite et brûlant du malade, puis il lui demanda, en assurant sa voix, s'il ne se sentait pas un peu mieux.

— Non, mon père, dit George. Alors il lui prit la main, le regarda avec angoisse et sembla hésiter un instant.

— Père, dit-il enfin, vous savez qu'il faut nous soumettre à la volonté de Dieu.

Il y avait en ce moment quelque chose dans son expression qui fit luire la vérité dans l'esprit du vieillard; il lâcha la main de son fils en laissant échapper un accent de désespoir ; et se détournant promptement , il quitta la chambre.

— Mon père ! mon père ! dit Grace en cherchant à s'exhausser jusqu'à lui, tandis qu'il demeurait immobile et les bras croisés debout auprès de la fenêtre de la cuisine.

— Eloignez-vous, enfant ! dit-il avec rudesse.

— Père, ma mère dit que le déjeuner est prêt.

— Je n'ai besoin d'aucun déjeuner, dit-il, en s'élançant hors de la pièce et en fermant la porte sur lui.

Ce fut dans l'après-midi du samedi suivant qu'on vint le chercher en toute hâte pour le mener à la chambre de son fils. En entrant, il vit bien que l'heure était venue. La famille était réunie ; Grace et James, l'un à côté de l'autre, étaient courbés vers le mourant; sa mère était assise au loin, le visage caché dans son tablier « pour ne pas voir la mort de son fils. » Le vieux ministre était là et la Bible était ouverte devant lui. Le père s'approcha du lit ; il s'arrêta et contempla ce visage brillant déjà de vie et d'immortalité. Le fils leva les yeux ; il vit son père, sourit, et lui tendit la main.

— Je suis bien aise que vous soyez venu, dit-il.

— Oh ! George, par pitié, ne me souriez pas ainsi ! Je sais quelle épreuve me menace ; j'ai essayé de l'accepter, mais je ne le peux, non, je ne le peux pas !

Et tout son corps se souleva convulsivement, et de bruyans sanglots ébranlèrent sa poitrine. La chambre était plongée dans un silence de mort ; personne ne se sentait capable d'entreprendre de le consoler. Enfin, le fils reprit d'une voix douce, mais interrompue, ces paroles du meilleur ami de l'homme : « Que votre cœur » ne se trouble point; il y a plusieurs demeures dans » la maison de mon Père. »

— Je ne saurais m'empêcher d'être troublé; je sais qu'il faut que la volonté du Seigneur se fasse, dit-il, mais, bien sûr, elle me tuera.

— Oh ! père, ne brisez pas mon cœur, dit le fils puissamment agité ; je vous reverrai dans le ciel et vous m'y reverrez aussi; « et alors votre cœur se réjouira et » nul homme ne pourra vous ravir votre joie. »

La douce face du mourant était sombre.

— Je voudrais qu'il vît ce que je vois, dit-il tout bas; puis, se tournant vers le ministre, il proféra ces mots : » Priez pour nous.

Ils s'agenouillèrent et prièrent. Quand ils se relevèrent, chacun semblait plus calme. Mais le patient s'exalta; sa contenance changea; il regarda ceux qui l'aimaient, puis, avec un faible chuchottement :

— Je vous laisse la paix, dit-il en s'en allant au ciel.

Nous ne nous arrêterons pas sur ce qui suivit. La semence jetée par les bons fleurit souvent sur leurs tombes ; il en fut ainsi pour le pauvre défunt : les paroles de paix qu'il adressait à ses amis, tandis qu'il était encore avec eux, leur revinrent en mémoire aprèsqu'il fut parti; et bien que beaucoup de larmes l'accompagnassent à sa dernière demeure, cependant il s'y joignit la douceur et la soumission des cœurs.

— Que le Seigneur le bénisse ! dit le père Tim, tandis que lui et James restaient les derniers sur la tombe. Je crois que mon cœur est allé au ciel avec lui, et je pense aussi que le Seigneur sait réellement ce qui est le mieux, après tout.

Notre ami James semblait maintenant devenu le soutien de la famille, et le vieillard privé d'un fils commença, sans le savoir, à reporter sur lui l'affection qui restait maintenant sans objet.

— James, lui dit-il un jour, vous devez savoir que vous êtes pour moi comme un fils.

— Je l'espère, dit James avec franchise.

— Eh bien ! vous irez au collége la semaine prochaine, et personne autre que moi ne doit fournir à cette dépense. J'ai amassé de quoi vous y envoyer... c'est-à-dire à condition que vous serez attentif et studieux.

James connaissait trop bien le cœur humain pour refuser une faveur dans laquelle l'esprit du pauvre homme semblait trouver une consolation ; il eut assez d'empire sur lui-même pour s'abstenir de toute expression de gratitude extraordinaire, mais il la reçut avec simplicité, comme une chose naturelle.

— Chère Grace, dit-il à la jeune fille, la veille du jour où il devait quitter la maison, je suis changé, nous le sommes tous deux depuis que nous nous connaissons; et maintenant je vais partir pour longtemps, mais je suis sûr...

Il s'arrêta pour coordonner ses pensées.

— Allez, dit Grace, vous pouvez être sûr de toutes les choses que vous voulez et que vous ne pouvez pas dire.

— Merci, dit James; puis, d'un air pensif, il ajouta: Que Dieu me soit en aide. Je crois avoir assez d'intelligence pour parvenir où je voudrai; mais quoi que je sois ou quoi que je possède sera donné à Dieu et à mes semblables; et alors, Grace, votre frère dans le ciel se réjouira à mon sujet.

— Je crois qu'il se réjouit déjà, répondit Grace. Que Dieu vous bénisse, James, je ne sais pas ce que nous serions devenus, si vous n'aviez pas été ici. Oui, vous vivrez pour lui ressembler et pour faire encore plus de bien, ajouta-t-elle avec un visage rayonnant, et James pensa qu'elle pouvait avoir raison.

Cinq ans après cet entretien, James était déjà connu pour son éloquence et ses succès dans le ministère sacré, lorsque, par une soirée d'automne, un homme grand, osseux, au rude aspect, fût observé se dirigeant vers le village de Farmington.

Il appela un homme courbé près d'une haie.

— Holà ! quelle ville est celle-ci ?

— C'est Farmington, monsieur.

— Bien ; je voudrais savoir si vous pourriez me renseigner sur un mien garçon qui demeure par ici ?

— Un garçon à vous ? qui est-ce donc ? quel est son nom ?

— Ma foi, dit le vieillard en ôtant son chapeau, on l'appelle James Benton.

— Eh mais, c'est le nom de notre jeune ministre !

— Où demeure-t-il ?

— Dans cette maison blanche que vous voyez assise au bas de la route et qui est tout entourée d'arbres.

A cet instant, un homme grand et robuste s'approchait. N'avons-nous pas déjà vu sa figure ? Elle est un peu plus grave qu'autrefois et ses traits ont une expression plus intelligente ; mais toute la vivacité de James Benton éclata dans le vif sourire qu'il fit voir quand ses regards tombèrent sur le vieillard.

— Je pensais bien que vous ne pourriez pas rester longtemps loin de nous, dit-il avec la prompte gaîté de son enfance, en prenant les deux rudes mains du père Tim.

Ils approchaient de la porte ; un visage radieux regardait à la fenêtre, et bientôt Grace fut auprès d'eux.

— Mon père ! mon cher père !

— Je n'aurais jamais cru pouvoir être si heureux ! dit le père Tim, dont les regards brillaient de joie.

— Allons, allons, père, j'ai l'autorité maintenant, dit Grace en l'entraînant vers la maison ; ainsi, point de discours superflus, ôtez votre chapeau et votre habit, et asseyez-vous dans ce grand fauteuil.

— Ainsi, miss Grace, dit Tim, vous continuez vos anciens tours, commandant partout, comme d'habitude. Eh bien ! puisqu'il le faut, il le faut ! Et il s'assit.

— Père, dit la jeune femme, lorsqu'il les quitta après avoir passé plusieurs jours avec eux, c'est le mois prochain que vient le jour des actions de grâce, et il faut que vous et ma mère veniez nous voir.

En conséquence, le mois suivant trouva la bonne mère Sally et le père Tim au coin du feu du jeune ministre, témoins heureux des présens d'actions de grâce dont un peuple empressé les comblait, et le lendemain ils eurent encore une fois le plaisir de voir un fils à eux dans la chaire sacrée, d'entendre un sermon que chacun déclara le meilleur qu'il eût jamais prêché, et il faut remarquer en passant, que c'était là le commentaire invariable de tous les discours où il était question de James et qu'ainsi il était évident qu'il marchait vers la perfection.

— Il y a beaucoup de bonnes choses dans cette pauvre vie, dit le père Tim, le soir de ce même jour, tandis qu'il était assis contemplant le charbon de terre qui brûlait dans l'âtre; c'est-à-dire, ajouta-t-il, si nous voulons seulement les prendre quand le Seigneur nous les envoie.

— Oui, dit James, jouissons des bienfaits du Seigneur, soumettons-nous aux épreuves qu'il nous impose et cette vie sera supportable, et la vie future sera pleine de joie.

LE ROSIER.

> Rose ! que fais-tu là ? Rose de fiancée, royale rose ! Comment, parmi le chagrin et la peur, peux-tu déployer ainsi cette ardente couleur d'amour qui brille sur les feuilles de ton sein.
>
> **HEMANS.**

Il était là, dans son petit vase vert, sur un léger guéridon de bois, près de la fenêtre du salon. De riches rideaux de satin ornés de franges somptueuses l'encadraient des deux côtés; autour de lui brillaient toutes les bagatelles rares et coûteuses que la richesse peut offrir au luxe et à la fantaisie ; et cependant, son unique rose était plus belle que tout cela. Elle avait un éclat si pur, avec ses feuilles blanches colorées par cette délicieuse teinte crêmeuse particulière à son espèce, son calice si plein, si parfait, et sa tête penchée comme si elle succombait sous l'abondance de sa richesse !

Mais la lumière du soleil qui brillait à travers la fenêtre éclairait quelque chose de plus beau encore que la fleur. Couchée sur une ottomane, dans une profonde solitude, et absorbée par la lecture d'un livre qu'elle tenait à la main, une jeune femme semblait être là pour servir de vis-à-vis à cette charmante rose. Cette joue si pâle, ce beau front si intelligent, cette contenance si pleine d'élévation, ces longs regards expressifs qui s'élançaient parfois ardemment vers le ciel, et parfois retombaient languissamment vers la terre, et l'expression de cette bouche gracieusement triste, mais doucement résignée, tout cet ensemble ravissant paraissait la reproduction d'un rêve.

— Florence ! Florence ! s'écria impatiemment une voix joyeuse et musicale.

Tournez votre tête, lectrice, et vous verrez une jeune fille légère et sémillante, le véritable modèle de quelque lutin sauvage né du mouvement et de la malice, à l'œil étincelant, au pied qui semble à peine toucher le parquet, au rire qui lui creuse deux fossettes aux joues.

— Allons, Florence, allons, dit le petit lutin, mettez de côté ce sage, bon et excellent volume, descendez de votre nuage et causez avec une pauvre petite mortelle.

J'ai pensé, continua-t-elle, à ce que vous pourriez faire de votre joli rosier quand vous partirez d'ici, ce que vous êtes décidée à faire, à notre grand regret. Vous savez qu'il serait dommage de le laisser à une tête sans cervelle comme moi. J'aime les fleurs, c'est vrai ; c'est-à-dire j'aime un beau bouquet de fleurs coupées et attachées pour porter en société ; mais quant aux soins, à l'embarras qu'il faut prendre de l'arbuste qui nous les donne, je ne m'en sens pas capable, et je n'ai nulle vocation pour faire une jardinière.

— Rassurez-vous là-dessus, Kate, dit Florence avec

un sourire, je n'ai nullement l'intention de faire appel à vos talens ; j'ai trouvé, je crois, un asile pour mon rosier favori.

—Oh! alors, vous savez ce que j'allais vous dire. Mistress Marcshall vous a parlé, je le présume, elle était ici hier ; je lui exprimai en termes pathétiques le tort que votre départ ferait à votre beau rosier, et elle s'empressa de me dire qu'elle serait trop heureuse de donner asile dans sa serre-chaude à ce charmant arbuste si couvert de boutons. Je répondis que j'étais sûre que vous consentiriez à le lui laisser, car je sais que vous aimez beaucoup mistress Marcshall.

— Kate, j'en suis bien fâchée, mais il vous faudra dégager votre promesse, car j'ai tout autrement disposé du rosier.

— A qui donc le laisserez-vous? Je vous connais si peu d'amies intimes !

— Oh ! c'est seulement pour satisfaire une de mes étranges fantaisies.

— Mais encore, dites-le moi, Florence.

— Eh bien, cousine, vous connaissez la petite fille pâle, à qui nous donnons de l'ouvrage.

— Quoi ! la petite Mary Stephens? Quelle absurdité ! Florence, voilà encore une de vos manies de vieille fille ! Vous habillez en guise de poupées un tas de pauvres enfans, vous faites des bonnets, vous tressez des chaussons pour tous les petits marmots crottés des environs. Je crois que vous êtes allée plus souvent dans ces deux ruelles sales et puantes qui sont derrière notre maison que dans la rue de Chesnut, bien que vous sachiez à quel point chacun désire vous voir; et maintenant il faut que vous donniez ce petit bijou choisi à la fille d'une couturière, quand une de vos plus intimes amies, une personne de votre rang y attacherait tant de prix. Quel besoin peuvent avoir de fleurs des gens placés dans une position pareille?

—Ils en ont tout autant et plus besoin que moi ! répliqua Florence avec calme. Avez-vous remarqué que la petite fille ne vient jamais ici sans regarder avidement les boutons entr'ouverts ? Et ne vous rappelez-vous pas que l'autre matin elle me demanda si je voulais permettre à sa mère de venir le voir, parce qu'elle aimait beaucoup les fleurs ?

— Mais , Florence , figurez-vous cette rare et charmante rose, posée sur une table grossière, en compagnie de jambons, d'œufs, de fromage et de farine, et étouffant dans cette petite chambre fermée où ces pauvres gens font leur cuisine !

—Fort bien, Kate, mais si j'étais obligée de vivre dans une chambre froide et nue, occupée à savonner, à récurer, à faire la cuisine, comme vous le dites, sans avoir devant ma fenêtre d'autre perspective qu'un mur de brique et une ruelle crottée, des fleurs comme celle-ci seraient pour moi l'occasion d'une joie indicible.

— Bon pour vous, Florence; mais les pauvres gens n'ont pas le temps d'avoir l'esprit aussi sentimental. Croyez-vous, d'ailleurs, qu'un pareil logis serait sain pour ce pauvre exilé? Que deviendra-t-il hors de la serre chaude où vous l'avez habitué à vivre?

— Soyez tranquille, Kate, jamais une plante ne s'informe si son possesseur est riche ou pauvre, et la chambre de mistress Stephens a du soleil d'aussi bonne qualité que celui qui brille à travers la mousseline de notre fenêtre. Les dons de Dieu sont faits pour tous, et vous verrez que mon beau rosier sera aussi bien portant et aussi joyeux dans la chambre des Stephens que dans la nôtre.

— Quoi qu'il en soit, vous êtes étrange ! Quand on donne à de pauvres gens, il faut leur donner quelque chose d'utile, un boisseau de pommes de terre, un jambon, ou bien d'autres choses semblables.

— Certainement les pommes de terre et le jambon ne sont pas à dédaigner, mais ayant fourni aux premiers et plus pressans besoins, pourquoi ne pas ajouter quelqu'autres petits plaisirs qu'il se trouve en notre pouvoir d'accorder? Je sais qu'il y a beaucoup de pauvres en qui le sentiment délicat du beau se rouille et s'éteint parce qu'ils ne peuvent lui donner de satisfaction. La pauvre mistress Stephens, par exemple, je sais qu'elle pourrait jouir, autant que je le fais, de la vue des oiseaux, des fleurs, et se complaire aux sons d'une douce mélodie. J'ai vu son œil briller en contemplant ici ces beaux présens de la nature, qu'il lui serait impossible de se procurer; si vous aviez vu le ravissement qu'elle et sa fille ont montré quand je leur offris mon rosier !

— Ma chère, tout cela peut être vrai, mais je n'y avais jamais pensé. Je ne croyais pas que les gens habitués aux rudes travaux eussent l'idée ni le sens du bon goût !

—Et pourquoi donc, Kate, voyons-nous alors le géranium ou le rosier si soigneusement cultivés dans la vieille théière fêlée de la plus humble des mansardes , ou le cobéa, s'élançant de sa boîte, former les plus beaux festons autour des plus pauvres fenêtres? Allez, allez, le cœur humain s'éprend du beau dans tous les rangs de la vie ! Vous souvenez-vous, Kate, que notre laveuse veilla toute une nuit après une journée de travail, pour faire à son petit enfant un habillement de baptême ?

— Oui, et je me souviens aussi que nous nous moquâmes de vous, qui aviez fait à cet enfant le plus charmant des petits bonnets.

— Eh bien ! Kate, le regard de ravissement avec lequel la pauvre mère contempla son marmot ainsi vêtu et coiffé, valait bien et au delà la peine que je m'étais donnée, et je crois qu'elle n'aurait pas été plus reconnaissante si je lui avais envoyé un sac de farine.

— En vérité, l'idée ne m'était pas venue, jusqu'à présent, de donner autre chose aux pauvres que ce dont ils ont réellement besoin pour se vêtir, boire et manger, et avoir chaud dans la rigoureuse saison.

—Cousine, si notre Père céleste agissait envers nous avec cette seule préoccupation, nous n'aurions dans le monde que de grossiers , d'informes amas de provisions, au lieu de cette ravissante variété d'arbres, de fruits et de fleurs.

— Bien, bien, cousine, je suppose que vous avez raison, mais ayez pitié de ma pauvre tête ; elle est trop petite pour contenir tant de nouvelles idées à la fois, ainsi faites comme il vous plaira.

Et la petite personne commença à exécuter un pas de valse en se regardant au miroir avec une grande satisfaction.

Transportons-nous maintenant dans une très petite chambre éclairée par une seule fenêtre. Là, point de tapis sur le parquet; là, dans un coin, un lit assez propre, mais grossièrement couvert, un dressoir avec quelques plats et quelques assiettes dans l'autre ; un coffre à tiroirs et, devant la fenêtre, un petit guéridon de mérisier tout neuf, et, en vérité, il était le seul objet qui , dans cette pièce, ne se ressentît pas des injures du temps.

Une femme pâle, à l'air souffrant, de quarante ans environ, était assise dans un vieux fauteuil, les yeux fermés et les lèvres comprimées par la souffrance. Elle se balança en avant et en arrière pendant quelques minutes, pressa convulsivement ses yeux avec sa main, et reprit languissamment l'ouvrage de couture dont elle s'occupait depuis le matin.

La porte s'ouvrit en ce moment, et une svelte petite fille, âgée de douze ans environ, ses grands yeux bleus dilatés et rayonnans de joie, parut, apportant le beau rosier blanc dans un vase.

— Oh ! voyez, ma mère, voyez ! Voici une fleur épanouie, deux autres qui le sont à moitié, et une quantité de jolis petits boutons pointant sous les feuilles vertes.

La figure de la pauvre femme s'éclaircit lorsqu'elle regarda d'abord la rose et puis son enfant débile sur le visage de laquelle elle n'avait pas vu de si vives couleurs depuis longtemps.

— Dieu la bénisse ! s'écria-t-elle.

— Miss Florence ?... Oh ! oui, mère, je savais bien que ce serait là votre premier vœu. La vue d'une si belle fleur n'allège-t-elle pas vos souffrances ? Maintenant, vous ne regarderez plus avec tant d'envie les fleurs du marché, car nous avons une rose qui les vaut toutes. Il me semble qu'elle remplace pour nous ce petit jardin que nous avons tant regretté. Mais voyez donc que de boutons ! comptez-les et sentez cette fleur ! maintenant, où la mettrons-nous ?

Et Mary sautait de joie, plaçant son rosier d'abord dans une place, puis dans une autre, et se reculant pour voir l'effet qu'il produisait, jusqu'à ce que sa mère lui représentât doucement que l'arbuste avait besoin de soleil pour conserver sa beauté et même sa vie.

— Oh ! c'est vrai, dit Mary ; il faut la mettre ici sur notre guéridon neuf. Quel bonheur que nous ayons un si beau guéridon pour l'y placer ! elle ressortira beaucoup mieux.

Et mistress Stephens quitta son ouvrage et plia un journal sur lequel le trésor fut déposé avec précaution.

— Là, dit Mary, surveillant avec ardeur l'opération, ce sera bien ainsi... Non, il faut mettre en évidence les deux boutons prêts à s'ouvrir ; un peu plus loin... tournez-le... un peu plus... là, c'est très bien ainsi !

Et alors Mary se promenait autour de la chambre, pour contempler le rosier sous différens aspects ; après quoi, elle pria sa mère de sortir avec elle pour voir l'effet qu'il produisait, vu du dehors.

— Que miss Florence a été bonne de nous donner son rosier ! dit Mary ; elle a fait beaucoup pour nous, et elle nous a donné bien des choses ; cependant celle-ci est la meilleure de toutes, parce qu'il semble qu'elle ait deviné nos goûts et nos sentimens ; et peu sont capables, mère, vous le savez, d'une semblable attention avec de pauvres gens comme nous.

Combien le reste du jour fut heureux dans cette pauvre chambre, grâce au petit présent de la bonne Florence ! Avec quelle promptitude inaccoutumée les doigts de Mary voltigèrent sur l'ouvrage auquel elle travaillait, assise près de sa mère ; mistress Stephens, à la vue du bonheur de son enfant oublia presque ses souffrances et trouva le soir, en buvant sa tasse de thé qu'elle se sentait plus forte qu'elle n'avait été depuis longtemps.

Charmante rose ! sa douce influence ne s'évanouit pas avec le premier jour. Pendant tout l'hiver long et froid, l'occupation que donna le rosier éveilla mille agréables séries de pensées qui trompèrent l'uniformité et la lassitude de leur existence. Et quand vint le renouveau, chaque jour développa dans l'arbuste chéri beauté inattendue ; une feuille, un bouton, une pousse nouvelle était un événement et faisait naître de nouvelles joies. Quand on l'avait placé sur la fenêtre, le passant s'arrêtait quelquefois, s'oubliant dans la contemplation de sa beauté, et alors, heureuse et fière était Mary, et la soucieuse et triste veuve elle-même n'était pas indifférente à cet hommage rendu aux attraits du rosier favori.

Florence ne pensait guère, lorsque dans son bon cœur elle eût l'idée d'offrir ce petit présent à une pauvre femme, qu'autour de lui s'entrelaçait un fil invisible qui devait briller et s'étendre au loin dans la trame de sa destinée. Un jour, dans le froid après-midi d'un précoce printemps, un grand jeune homme de bonne

tournure se présenta chez mistress Stephens pour payer le raccommodage de quelques dentelles. C'était un étranger, un voyageur, à qui mistress Stephens avait été recommandée par son hôte. Comme il se retournait pour partir, ses yeux se reposèrent avec admiration sur le rosier, et il s'arrêta pour le contempler.

— Qu'il est beau ! dit-il.

— Oui, répondit la petite Mary, et il nous a été donné par une dame aussi douce et aussi belle que lui.

— Ah ! dit l'étranger, tournant vers elle ses yeux noirs et brillans, surpris et charmé qu'il était d'une pensée qui s'offrait à lui ; et qu'est-ce qui la porta à vous l'offrir, dites, ma chère petite fille ?

— Oh ! parce que nous sommes pauvres, que ma mère est malade et que nous ne pouvons jamais rien avoir de joli. De notre jardin d'autrefois nous n'avions conservé que le goût des fleurs et nous n'en pouvions plus avoir, de sorte que miss Florence, avant son départ, nous a donné celle-ci.

— Florence ! reprit l'étranger.

— Oui, miss Florence d'Estange, une charmante dame. On dit qu'elle est étrangère ; mais elle parle anglais aussi bien que les autres dames, seulement avec plus de douceur.

— Est-elle encore ici ?... Est-elle dans cette ville ? dit le jeune homme avec une vive émotion.

— Non ; elle nous a quittés, il y a quelques mois, dit la veuve. Puis remarquant l'ombre du désappointement qui se peignait sur la figure de l'étranger, elle ajouta : Mais vous pouvez savoir où elle est maintenant, en allant chez sa tante dont je vais vous donner l'adresse.

Peu de temps après, Florence recevait une lettre dont l'écriture la rendit toute tremblante. Durant les premières années de sa vie qu'elle avait passées en France, elle avait bien appris à connaître cette écriture. Alors elle aimait comme aime une femme de cœur : pour la première et la seule fois, — et puis des obstacles s'étaient élevés par la faute des parens, des amis ; de là, longue séparation, longue suspension de correspondance. Et — que le rosier soit béni ! — après plusieurs années d'angoisses, quand elle croyait que l'Océan retiendrait pour toujours éloigné d'elle cette main et ce cœur si nécessaires à son bonheur et à sa vie, une lettre vint lui dire : « Il est vivant, il a retrouvé ta trace, comme celle d'une source cachée qui se révèle par les bienfaits qu'elle répand sur son passage. » Ceci connu, nos lecteurs n'ont pas besoin de mon aide pour achever eux-mêmes l'histoire du Rosier.

MARION JONES.

> Bannissons, oh ! bannissons le chagrin, et alors la joie nous ramènera l'espoir.
>
> Les peines d'amour sont bien plus douces que ne le sont tous les autres plaisirs.

Combien de sortes de beautés renferme la nature, combien il s'en trouve dans la forme humaine ! Voyez la grâce et la vivacité de l'enfance, la fraîcheur et la suave perfection de la jeunesse, la dignité de l'âge viril, la douceur de la femme : toutes beautés différentes et cependant parfaites, chacune en son espèce.

Mais il n'y en a aucune aussi remarquable, ni qui porte mieux le cachet céleste que la beauté du vieillard chrétien. Son charme est semblable à celui de calmes journées d'automne, après que les chaleurs de l'été sont passées, quand la moisson est rentrée dans le grenier, et que le soleil brille sur les champs tranquilles et les bois jaunissans qui attendent leur dernière métamorphose. C'est une beauté plus particulièrement morale, et appartenant à l'âme que celle d'aucune période de la vie ! La poétique fiction représente toujours le vieillard comme chrétien, et vraiment il n'y a aucune époque de l'existence où les vertus du christianisme semblent trouver un développement plus harmonieux.

Le vieillard sorti vainqueur de la lutte des passions, et rappelant les inspirations religieuses de son jeune âge pour attendre et voir venir d'un œil calme le jour du jugement et de la récompense, est peut-être une des plus parfaites représentations que ce monde puisse fournir de la sainteté dans toute sa gloire terrestre.

Telles sont les pensées qui s'élevaient dans mon esprit, tandis que je dirigeais lentement mes pas vers le cimetière de mon village natal, où j'étais revenue après plusieurs années d'absence. C'était un lieu charmant, une douce échancrure de terre close par un petit ruisseau qui courait brillant à travers les cèdres et les genèvriers, tandis que, de l'autre côté, s'élevait une verte montagne avec le blanc village posé comme un collier de perles sur son sein.

Il n'y a dans le paysage aucun contraste plus pittoresque et plus poétique que celui d'un cimetière de village, au milieu des splendeurs et des joies de la nature ; la verdure, la fleur, l'oiseau n'ont jamais parlé plus éloquemment que dans la « cité du silence, » comme disent les Orientaux dans leur langage coloré.

Tandis que j'allais lentement d'une tombe à l'autre, en lisant les inscriptions qui témoignaient que plus d'un homme riche, plus d'une ménagère active et remuante, plus d'un enfant souriant, fleur à demi éclose, étaient venus déposer là toute gaîté, tout soin, toute richesse, mon attention fut attirée par ces paroles gravées sur une large pierre : « A la mémoire d'Howard Dudley, mort dans sa centième année. » J'avais autrefois connu celui dont je retrouvais le nom, dans ce mélancolique asile ; à cet instant, sa douce et vénérable figure s'éleva devant moi, et je me rappelai sa lente et tranquille arrivée dans le temple , chaque dimanche, dix minutes avant l'heure de l'office, sa haute taille un peu courbée, son bel habit couleur de noisette, avec ses longues basques et ses larges manchettes sur lesquelles on voyait toujours deux épingles attachées avec la plus respectueuse précision. Quand il était assis, le haut du banc lui venait juste au menton, de sorte que sa tête placide et argentée s'élevait comme la lune au dessus de l'horizon. Il aurait fourni un beau modèle au peintre pour une tête de patriarche couronnée d'une auréole de cheveux brillans comme l'argent, « qui, sur ses épaules, se répandaient avec » respect comme la blanche neige sur les branches » nues d'un chêne demi-mort. »

Il était alors fort âgé, et sur chaque ligne de son calme visage semblaient écrites ces paroles des Ecritures: « Et maintenant, Seigneur, que me reste-t-il à faire encore ici-bas ?...» Cependant, d'année en année, on le voyait à la même place avec la même ponctualité exemplaire.

Il était connu au loin et dans les environs par son caractère pacifique et pour la charité sans bornes qui le portait à couvrir et à excuser les fautes des autres. Tant qu'on pouvait conserver quelque doute qui lui permît de disculper l'accusé, il disait : « Après tout, cet homme n'avait pas mauvaise intention.» Et quand la transgression devenait par trop évidente pour qu'il pût lui opposer cette excuse, alors il insinuait « qu'il » valait mieux ne pas parler de cela, que personne ne » pouvait savoir ce qu'il pourrait être entraîné à faire » en telle ou telle circonstance. »

Quelques événemens de sa vie montreront plus clairement encore cette charitable disposition. Certain rusé propriétaire du nom de Jones, qui n'était pas très bien réputé en matière de probité, vendit à M. Dudley un lot de terre considérable et en reçut le prix ; mais, sous différens prétextes, il différa toujours d'en donner le reçu. Il mourut peu de temps après, et le reçu ne put être trouvé nulle part ; mais il se trouva que le lot de terre vendu avait été laissé par le testament du nouvel acquéreur à une de ses filles.

Le vieux M. Dudley dit que cela était fort extraordinaire ; qu'il avait toujours connu Seth Jones pour être très avide d'argent ; mais qu'il ne le croyait pas capable d'une telle iniquité. Le vieillard s'en fut chez le squire Abel pour lui exposer l'affaire et voir s'il n'y avait pour lui aucun moyen de se faire rendre justice.

— Je n'aime pas à parler de cela, dit-il ; mais, squire Abel, vous savez que M. Jones était.... était... ce qu'il était, bien qu'il soit mort et enterré, ajouta-t-il sans pouvoir se décider à articuler une accusation précise, tant cet homme doux et charitable semblait craindre, par son témoignage, d'élever une charge puissante contre la mémoire du défunt. Et quand on lui eut dit qu'il n'y avait, dans le cas présent, nul moyen de rentrer en possession de son bien, il se consola par ces paroles qu'il proféra à demi-voix :

— Eh bien ! le pire est que la terre appartient maintenant à ses deux filles, pauvres créatures !... J'espère qu'elles en profiteront. L'aînée, Silence, est une personne sur laquelle il n'y a pas grand'chose à dire ; mais Marion est une jolie, une gracieuse, une charmante fille.

Ainsi le vieillard s'en retourna chez lui, s'arrêtant à cette opinion que, puisque le mal ne pouvait se réparer, il valait mieux n'en plus parler. Les deux filles que M. Dudley venait de nommer, c'est à dire Silence et Marion , étaient les seules survivantes d'une nombreuse famille descendant de trois femmes qu'avait eues Seth Jones. L'aînée, Silence, était une grande et forte fille à l'œil noir, aux traits prononcés , inclinant vers la quarantaine , douée d'une voix haute, retentissante et résolue, et connaissant la manière de s'en servir. Le motif qui lui avait fait donner le nom de Silence était un problème pour tout le voisinage , car elle avait plus de facultés et d'inclination pour faire du bruit que qui que ce fût dans tout le village. Miss Silence était une de ces personnes qui ne sont nullement disposées à céder leur tour de parole aux autres. Elle abordait de front toute controverse , faisait face à toute opposition , allait son train vigoureusement et de bon cœur , forçant hommes, femmes et enfans à s'écarter pour lui livrer passage , comme ils eussent fait devant une malle-poste lancée au galop. Sa détermination de rester indépendante et libre était si évidente , que , bien qu'elle fût fille d'un homme riche et que sa portion personnelle de bien fût considérable , un seul prétendant s'était aventuré à demander sa main , et il avait été renvoyé aussitôt avec l'assurance que, si jamais il s'avisait de montrer encore son visage aux environs de la maison, elle enverrait les chiens à sa poursuite.

Mais Marion Jones différait autant de sa sœur que le gracieux convolvulus du grand bâton épineux qui le supporte. Au temps dont nous parlons, elle avait dix-huit ans; c'était une modeste, svelte et rougissante fille, aussi timide et craintive que sa sœur était hardie et décidée. En vérité, l'éducation de Marion avait donné beaucoup de peine à sa sœur, et, après tout, disait-elle, « la fille ne ferait jamais qu'une sotte, car elle » n'avait pu lui enseigner à se mettre comme elle à » l'aise avec les gens. »

Quand le bruit parvint aux oreilles de miss Silence

que M. Dudley se regardait comme lésé par le testament de son père, elle s'escrima sur ce sujet avec grande force de c urage et de poumons.

— M. Dudley, disait-elle, pourrait trouver mieux à faire que de s'efforcer à dépouiller des orphelins de leurs droits... elle espérait qu'il porterait l'affaire devant les tribunaux pour voir quel profit il en pourrait retirer... Un joli membre de l'église, un digne doyen, assurément ! allant inventer de telles histoires pour flétrir la mémoire de son pauvre père !

— Mais, disait Marion, M. Dudley est un homme juste ; je ne crois pas qu'il veuille faire de tort à personne ; il doit y avoir quelque malentendu dans tout cela.

— Marion, vous êtes une petite sotte, comme je vous l'ai toujours dit, reprenait Silence ; vous vous laisseriez dépouiller de vos dents œillères si vous ne m'aviez pas pour prendre soin de vous.

Mais des événemens subséquens mirent les affaires de ces deux demoiselles en rapport plus immédiat avec celles de M. Dudley, comme nous allons le faire voir.

Il se trouva que le plus proche voisin de M. Dudley était un certain vieux fermier dont l'humeur chagrine avait attiré sur lui le surnom de père Mâchoire (*uncle Jaw.*) Cet agréable surnom s'accordait très bien avec le caractère général de la personne et des manières de son possesseur. Il était grand, robuste ; son expression habituelle ressemblait à un orage du nord-est ; — une brumeuse et constante morosité qui semblait défier toute perspective d'éclaircissement et se complaire dans sa maussaderie ; — sa voix semblait avoir pris des leçons de sa figure, tant ses sons, semblables à ceux d'une scie rouillée et son perpétuel grognement, étaient en rapport avec l'agréable physionomie que j'ai essayé de vous dépeindre.

Il était doué par la nature d'un de ces esprits actifs et déliés, capables de fendre un cheveu, qui savent élever quarante questions pour disputer sur quelque point que ce puisse être ; et, s'il eût reçu de l'éducation, il serait devenu le plus habile métaphysicien qui jamais jeta de la poudre aux yeux des générations successives. Mais, privé de cet avantage, il s'exerçait à un objet presqu'aussi utile, en s'appliquant à embarrasser et à mystifier quiconque se trouvait dans son chemin. Son activité s'exerçait particulièrement sur les textes des lois, comme si c'était sa nourriture, sa boisson, sa méditation de chaque jour ; il s'occupait sans cesse à chercher un sujet de contestation, il avait toujours quelque question à soulever sur une vieille clôture qui devait aller « un peu plus à main gauche, » ou « un peu plus à main droite, » et qui, de cette façon, lui enlevait un bon bout de sa meilleure terre ; ou bien, c'étaient les dindes de Pierre faisant irruption dans son pré, ou les oies du squire Moses qu'il fallait mettre dans les parcs, bref, il avait toujours quelque chose de cette importance pour se tenir occupé d'un bout de l'année à l'autre.

Comme objet d'amusement particulier, ceci aurait pu passer ; mais maître Mâchoire n'était pas satisfait de combattre pour son propre compte ; il lui fallait aller de maison en maison narrant la longueur et la largeur de l'objet en litige, avec tous les *dis-je* et *dit-il*, et les *répondis-je* et *répondit-il* qui étaient intervenus dans ses discussions. En outre, il avait une si merveilleuse facilité pour trouver matière à querelles et pour faire savoir aux autres comment, eux aussi, devaient s'y prendre pour terminer leurs différends, qu'il réussissait en général à tenir tout le voisinage par les oreilles.

Et comme le bon M. Dudley s'attribuait les fonctions de pacificateur, maître Mâchoire, par son influen-

ce, empêchait bien que cet emploi ne devînt une sinécure.

M. Dudley, de son côté, suivait les pas de maître Jaw, adoucissant, calmant, pansant toutes les blessures morales, remettant les esprits dans une tranquille assiette, et cela avec une assiduité, une persévérance vraiment merveilleuses.

Le méchant lui-même avait un grand respect pour le bonhomme. Et comme tout le voisinage, il allait souvent lui demander conseil, bien que, semblable aux autres chercheurs d'avis, il s'appropriât seulement ceux qui convenaient à sa manière de voir. Il prenait même une sorte de plaisir à venir s'asseoir le soir au coin du feu de M. Dudley, pour raconter les différens sujets de contestations qu'il avait ou allait avoir avec ses autres voisins.

Mais la grande affaire entre toutes, celle qui finit par absorber tout le temps que le tracassier pouvait dérober au travail, consistait en un différend entre lui et le squire Jones, le père de Marion et de Silence, dont les terres touchaient les siennes. Le sujet de la dispute consistait en ceci : Sur le bien du squire Jones était un moulin à eau, lequel moulin, à en croire le père Mâchoire, inondait ce qu'il appelait *sa meilleure terre*. Comme la meilleure terre de cet être processif était, par sa nature, marécageuse et pleine de joncs, et portait la preuve des fréquentes invasions de l'élément liquide, il régna toujours une heureuse obscurité sur la question de savoir d'où venait cette eau, et s'il fallait réellement s'en prendre à quelqu'un lorsqu'elle séjournait dans ce bas-fond plus longtemps et en plus grande quantité qu'à l'ordinaire. Ainsi, quand tout autre sujet de dispute venait à lui manquer, le voisin du moulin se donnait le plaisir d'un petit procès pour sa *meilleure terre*, et l'un de ces cas étaient pendant quand, par la mort du squire, le bien fut laissé à Marion et à Silence, ses filles. Lorsque le bruit lui parvint de la tromperie dont M. Dudley était la victime, le père Mâchoire se prépara à l'aller voir pour compulser les papiers qui pouvaient témoigner de son droit.

Donc, un soir que M. Dudley était assis tranquillement auprès du feu, réfléchissant et lisant, il entendit sur son décrottoir la préface de la visite de son voisin, et bientôt après parut l'homme. Après s'être assis directement en face du feu, les coudes sur les genoux et les mains étendues vers le charbon, il regarda le doux visage de M. Dudley avec ses petits yeux gris inquisiteurs, et dit, comme pour entrer en conversation :

— Eh bien ! le vieux Squire Jones est enfin parti ! Je me demande à quoi peuvent lui servir maintenant tous ses biens ?

— Oui, répondit M. Dudley, la mort nous enseigne combien toutes les choses de ce monde sont peu dignes de nos efforts pour les acquérir. Nous n'apportons rien ici bas, et il est certain que nous n'en devons rien emporter.

— Oui vraiment, répliqua le visiteur, vous avez parfaitement raison ; mais il était vraiment étrange de voir comme ce vieux squire Jones s'accrochait à tout ce dont il pouvait s'emparer. Il y a d'abord ce moulin à lui qui m'a toujours inondé d'eau la meilleure partie de ma terre... Je m'en suis expliqué avec le squire Jones ; je lui ai dit ce qui en était plus de vingt fois ; cependant, il n'a rien fait pour réparer le tort que sa propriété apportait à la mienne ; et maintenant qu'il est mort et enterré, me voilà aux prises avec cette vieille Silence, qui est aussi méchante et fait plus de bruit que le moulin dont je me plains ; elle et Marion ont pris possession du bien ; mais, voyez-vous, je me propose de les travailler comme il faut.

Ici l'homme aux procès s'arrêta pour voir s'il avait produit chez M. Dudley quelque excitation sympathique ; mais le vieillard ne témoignait nulle émotion et contemplait tranquillement le manche de la longue pelle de cuisine. Le père Mâchoire s'agita sur son siége et changea son mode d'attaque détournée en une interpellation plus directe.

— J'ai entendu dire, M. Dudley, que le squire vous a joué un vilain tour au sujet de certain lot de terre ?

M. Dudley ne fit encore aucune réponse ; mais la persévérance de son interlocuteur ne se lassait pas facilement et il recommença :

— Le squire Abel, comme vous voyez, m'a raconté toute l'affaire, en disant qu'il ne voyait pas comment on pourrait l'arranger ; mais je lui dis : Squire Abel, je ne serais pas embarrassé si M. Dudley voulait me mettre au courant de tout cela, pour trouver un joint par lequel il pût rentrer dans ses droits ; car, ajoutai-je, j'ai vu journellement des cas plus difficiles que celui-ci auxquels je savais trouver une solution.

M. Dudley restait muet encore, et l'autre, après avoir attendu quelque temps, revint ainsi à la charge :

— Mais réellement, M. Dudley, je serais bien aise de connaître tous les détails de cette affaire.

— J'ai pris la résolution de ne rien dire à ce sujet, répondit M. Dudley d'un ton qui, bien que doux, était si péremptoire que Mâchoire comprit qu'il n'y avait nulle espérance à concevoir de ce côté ; il recommença donc alors ses lamentations à propos de ce qui lui était personnel.

— Voyez-vous, reprit-il, en prenant les pincettes et en ramassant tous les petits tisons qu'il réunit dans le milieu du feu, voyez-vous, deux jours après les funérailles, je me disposai à parler à la vieille Silence, car pour Marion, elle ne comprend pas plus à tout cela que notre chatte blanche. Maintenant, voyez-vous, squire Jones avant de mourir détruisit une vieille clôture placée entre sa terre et la mienne, et commença à bâtir un mur de pierre, et quand j'en vins à mesurer mon champ, je trouvai qu'il avait mis presque toute la largeur du mur de mon côté, tandis qu'il aurait dû en mettre la moitié sur son champ. Maintenant, voyez-vous, il me fut impossible de dire un mot de cela au squire Jones, parce que, tout juste au moment où j'allais mesurer ma terre, il tomba malade et mourut. Je pensai alors qu'il fallait parler à la vieille Silence et voir ce qu'elle avait l'intention de faire ; mais je savais très bien ce qu'elle répondrait, et elle ne manqua pas de me recevoir fort mal. Nous eûmes une véritable prise de corps. J'ai cru qu'elle mourrait à force de crier ! Et vraiment, elle aurait peut-être fini par là si la pauvre Marion n'était entrée et n'eût montré un grand effroi... Marion est une charmante fille, elle a l'air si craintif et si délicat que ce serait une honte de la tourmenter ; aussi je pris mon chapeau et leur tirai ma révérence.

Ici le tracassier vit briller un sourire sur les traits du bonhomme et trouva plaisir à penser qu'il était enfin parvenu à l'intéresser à son histoire.

Depuis quelque temps. M. Dudley était plongé dans une profonde méditation sur les moyens qu'il pourrait employer pour terminer une querelle que le caractère de Silence et celui de son adverse partie semblaient devoir faire durer toujours, lorsque, tout à coup, son esprit vint à concevoir un plan que nous fera connaître la suite de cette histoire.

La manière de terminer les différends qui venaient de s'offrir à l'esprit du bonhomme était celle qui a toujours été employée pour réconcilier les souverains et les Etats en guerre, depuis l'antiquité la plus reculée, et il espérait qu'elle aurait une influence pacifiante, même dans un cas aussi désespéré que celui de miss Silence et du voisin.

Autrefois, M. Dudley avait tenu l'école du district pendant plusieurs hivers successifs, et parmi ses écolières était la gentille Marion Jones, alors petite fille rose et potelée, aux yeux bleus, aux cheveux bouclés et au plus aimable caractère du monde ; parmi ses écoliers aussi se trouvait le petit Joseph Adams, seul fils du père Mâchoire, un beau, bien portant et robuste garçon, qui épelait les mots les plus longs, faisait les plus grosses boules de neige, les plus beaux sifflets d'écorce de peuplier, et lisait plus haut et plus vite que tous les garçons de l'école.

Le petit Joseph avait hérité de toute la finesse de son père avec une double part de bonne humeur, de façon que, bien qu'il ne se fît pas faute de jouer un tour à l'un ou à l'autre, il était le favori de tout le village, de M. Dudley d'abord, et de toute l'école ensuite.

Maître Joseph prenait toujours la petite Marion sous sa protection spéciale, la menait à l'école dans son traîneau, l'aidait à additionner les plus longues colonnes de chiffres, veillait à ce que personne ne mît au pillage son panier de provisions ou ne jetât son chapeau par terre, et il aurait résolument souffleté ou criblé de boules de neige tout autre garçon qui aurait eu les mêmes prévenances pour elle. Puis les années s'étaient écoulées, et Joseph était parti pour le collége. Le père disait, à ce sujet, qu'il avait *le droit* d'envoyer son fils étudier en droit et qu'il en userait, comme avait fait Squire Abel ou tout autre.

Ce fut le sort de son ancien favori Joseph et de la petite Marion qui traversa l'esprit de M. Dudley comme une lumière éclairant l'avenir. Aussi, quand l'homme aux procès eut fini son discours, M. Dudley, après quelque temps de méditation, rompit le silence par ces mots :

— On dit que votre fils va bientôt sortir du collége ?

Bien qu'il fût d'abord étonné par cette abrupte transition, le père Mâchoire trouva le souvenir flatteur pour son orgueil de père et, avec une grimace exprimant sa satisfaction, il répondit :

— Oui vraiment, je ne vois pas pourquoi le fils d'un pauvre homme n'aurait pas autant que n'importe qui, le droit de s'élever au premier rang s'il le peut.

— C'est juste, reprit M. Dudley.

— Il n'a jamais été bon que pour la science, continua l'autre ; à la ferme il n'eût été propre à rien. Si je lui donnais du blé à sarcler ou des pommes de terre à butter, je le trouvais souvent occupé à chasser les crapauds ou à attraper des écureuils. Mais donnez-lui un livre, et le voilà heureux. Ce garçon a appris à lire plus vite qu'aucun enfant de ma connaissance ; un mois après avoir commencé son a b c d, il pouvait lire dans le *Renard et les Ronces*, et le mois suivant il vous criait aux oreilles un chapitre de l'Ancien Testament aussi vite que qui que ce fût dans l'école. Et au collége, voyez-vous, il en est de même, et c'est ainsi qu'il est devenu le premier.

— Ainsi il doit revenir chez vous dans quinze jours ? dit M. Dudley, toujours réfléchissant.

Le lendemain matin, en déjeunant, M. Dudley dit à sa femme :

— Sally, n'est-ce pas dans quinze jours que vous vous proposez de donner à dîner ?

— Je n'ai jamais parlé de cela. Qui vous le fait penser ?

— J'ai cru que c'était votre intention, dit tranquillement le bonhomme.

— Pourquoi non ?... Assurément, je pourrais bien donner un dîner, et ce serait peut-être le meilleur moment, si seulement je pouvais avoir la vieille Suzanne pour préparer les gâteaux et les pâtés.

— Je pense aussi que vous feriez bien, reprit M. Dudley, et nous inviterions toute la jeunesse du pays.

Nous épargnerons au lecteur le récit de toutes les

cérémonies préparatoires qui, la semaine suivante, témoignèrent de l'approche d'une fête dans la cuisine de M. Dudley. Craignons de provoquer l'appétit d'un lecteur affamé en étalant devant lui les rissoles, les tartes aux grosseilles à maquereau, les pâtés de potirons, les pâtes de noisettes, les plum-puddings et autres douceurs qui s'élancèrent, délicieusement confectionnées, de la baguette magique de la vieille Suzanne, la grande prêtresse villageoise de toutes ces solennités culinaires. Qu'il nous suffise de dire que le jour était arrivé et que le banquet hospitalier était prêt.

On n'avait pas manqué de comprendre miss Silence et Marion Jones dans les invitations; le bon M. Dudley avait même poussé la galanterie jusqu'à leur porter lui-même son message. Il en fut dignement récompensé par une bordée de miss Silence, qui lui donna ce qu'elle appelait un échantillon de son esprit au sujet du respect qu'on doit aux droits des veuves et des orphelins, laquelle bordée le bonhomme reçut avec grande bénignité, écoutant le discours du commencement à la fin et répondant :

— C'est bien, c'est bien, miss Silence; j'espère qu'avant peu vous ne vous échaufferez plus tant à ce sujet, sur lequel il eût mieux valu ne pas dépenser tant de rudes paroles.

En parlant ainsi, il prit son chapeau et sortit, tandis que miss Silence, qui se sentait extrêmement soulagée par l'évaporation de sa mauvaise humeur, déclara qu'il était aussi inutile de chapitrer le vieux M. Dudley que de tirer le canon contre un ballot de laine. Après quoi elle déclara qu'elle n'irait point à cette fête et que Marion ne devait point y aller non plus.

Mais, ma sœur, pourquoi non? dit la jeune fille; il me semble à moi que je dois y aller. Et Marion dit ces derniers mots d'un ton si doucement positif que Silence en fut toute surprise,

— Qu'est-ce qui vous prend, Marion? dit-elle en ouvrant de grands yeux, avez-vous si peu de bon sens que de vouloir aller chez un homme qui fait tout ce qu'il peut pour nous ruiner?

— J'aime M. Dudley, répondit Marion, il a toujours été bon pour moi quand j'étais enfant, et je ne puis croire qu'il soit devenu le méchant homme que vous dites.

Quand une jeune personne établit qu'elle ne peut croire une chose, ceux qui savent bien juger la nature humaine, renoncent ordinairement à la lui persuader; mais miss Silence, pour qui le langage de l'opposition était nouveau, pouvait à peine en croire ses oreilles; elle répéta donc exactement ce qu'elle venait de dire;

elle éleva seulement le ton de sa voix d'un degré et trouva des formules d'assertion encore plus véhémentes, manière de raisonner qui, si elle n'est pas des plus logiques, a du moins pour elle l'exemple et la sanction de très respectables autorités parmi les gens éclairés et instruits.

— Ma sœur, reprit Marion quand l'orage se fut dépensé en paroles, si je ne craignais de paraître fâchée contre M. Dudley, je resterais pour vous obliger; mais il semblerait à tous que je prends parti dans une querelle, et c'est ce que je ne ferai jamais.

— Alors vous serez foulée et trépignée sous les pieds pendant toute votre vie, reprit Silence; et si vous voulez agir comme une sotte, ne comptez pas sur moi pour vous accompagner. En parlant ainsi, elle sortit en tirant violemment la porte.

Or, il se trouvait que miss Silence était de ces personnes qui mettent si peu d'économie dans la distribution d'un accès de colère qu'ils la prodiguent entièrement avant que le moment d'agir ne soit venu.

Il arriva, en conséquence, qu'ayant déchargé son esprit librement, d'abord devant M. Dudley, puis devant Marion, elle commença à se sentir de meilleure composition, et bientôt vinrent diverses réflexions sur les occasions de caqueter et autres perspectives séduisantes qu'apportait pour elle l'idée d'une fête; puis s'ensuivit cette demande : « Eh! bien, si Marion y va, après tout, quel mal en résultera-t-il? » D'où découla ce cas de conscience : « Si ce n'était pas son devoir à elle, miss Silence, d'accompagner Marion et de la surveiller, cette pauvre enfant qui n'avait pas de mère pour veiller sur elle? »

Enfin, avant que le jour de la réunion ne fût arrivé, miss Silence avait tellement travaillé sur elle-même, qu'elle en était arrivée à la magnanime détermination d'y assister. En conséquence, au moment du départ, tandis que Marion était assise devant son miroir, occupée à tresser ses beaux cheveux, elle fut tout à coup surprise par l'apparition de miss Silence entrant dans sa chambre, aussi raide que pouvaient la rendre une robe de soie changeante et un très haut peigne de corne, et ornée d'une grimace qu'elle semblait avoir adoptée tout exprès pour la circonstance.

— Eh bien! Marion, dit-elle, puisque vous voulez absolument aller aujourd'hui à cette fête, je pense qu'il est *de mon devoir* de vous y accompagner.

Que deviendraient certaines gens si ce commode abri du devoir ne leur fournissait une retraite dans les cas où ils sont disposés à changer d'avis? Marion s'efforça de supprimer le sourire qui, malgré elle, vint relever les coins de sa bouche, et dit à sa sœur, le plus sérieusement possible, qu'elle lui était bien obligée de sa sollicitude. Ensuite elles partirent ensemble.

Silence, cependant, insista fortement sur la nécessité de maintenir ses droits, et de ne pas se laisser fouler aux pieds.

Arrivons au jour du dîner. Après le repas, les dames les plus âgées babillèrent et médirent, tandis que les plus jeunes discutaient le mérite des différens *beaux* sur lesquels on comptait pour donner plus d'animation aux plaisirs de la soirée. Entre tous les autres, Joseph Adams, le nouveau-venu du collége, tout chargé d'honneurs littéraires, devint le sujet principal de la conversation.

Une controverse s'engagea sur la question de savoir si le jeune homme pouvait être appelé *beau*, et l'affirmative obtint une puissante majorité, bien qu'il y eût une opposition prononcée dans certain coin de l'assemblée, une des jeunes filles déclarant que ses favoris étaient dans un état de culture trop florissant; une autre maintenant qu'au contraire ils étaient dans les meilleures conditions requises pour la beauté correcte, tandis qu'une troisième soulevait l'importante question de savoir s'il avait ou n'avait pas de favoris. Il fut convenu cependant, à l'unanimité, qu'il avait la réputation *d'un beau* dans la ville où il avait fait ses études. On s'informa aussi s'il était engagé dans les liens du mariage, et la négation à ce sujet venant faire battre bien des cœurs, faire naître bien des espérances, les jeunes filles s'amusèrent à se prédire l'une à l'autre la capture d'une telle proie, chaque prophétie étant reçue avec un sourire de plaisir que s'efforçaient de démentir des paroles de ce genre : « Allons donc !... A quoi » pensez-vous ?.... Cessez vos mauvaises plaisante- » ries...... Quelle folie !..... C'est plutôt vous..... » et bien d'autres exclamations qui ne semblaient prononcées que pour servir de contenance.

A la fin sonna l'heure longtemps attendue, et les invités commencèrent à faire leur entrée. Parmi les derniers, se trouvait celui qui ve nait d'occuper si activement l'imagination des jeunes filles.

— C'est Joseph Adams !... c'est lui !... se dirent-elles à voix basse, tandis qu'un grand jeune homme de bonne mine se présentait avec l'air dégagé d'un homme qui avait déjà vu le monde et qui ne se trouvait nullement déconcerté par l'éclat combiné de toutes les beautés du village.

De fait, notre ami Joseph avait résidé longtemps dans la ville de N..., courtisant les grâces au moins autant que les muses. Sa beauté vraiment remarquable, son air franc et masculin, sa conversation facile, et la faculté par laquelle son esprit comprenait et s'assimilait tout, l'avaient fait rechercher avec empressement par le beau monde de N..., et quoique la ville fût petite, il s'y était formé aux manières de la bonne compagnie.

Nous ne savons si nous devons faire connaître à nos lecteurs toute la vérité au sujet de notre héros. Nous insinuerons simplement, en y mettant toute la réserve possible, que M. Joseph Adams étant, sans contredit, toujours le premier dans les classes et le premier dans les salons, ayant été gravement exalté au collége par son vénérable président, et gaîment flatté dans les salons par les élégantes miss telle et telle, était fort incliné à se croire un des plus charmans garçons du monde, et même il avait la présomption de penser que, dans la circonstance présente, il plairait sans de grands efforts, chose qui, quoique vraie en fait, ne devrait jamais si facilement prendre place dans l'esprit d'un jeune homme. Quoi qu'il en soit, il allait de l'une à l'autre, prenant la main que lui tendaient les vieilles dames et écoutant avec la plus grande affabilité les commentaires variés sur sa croissance, sur sa physionomie, sur sa ressemblance avec père, mère, grand-père et grand'mère, ressemblance qui n'échappe jamais au tact subtil et pénétrant des femmes âgées.

Parmi les plus jeunes, il reconnut enfin, avec un évident plaisir, plusieurs de ses anciennes compagnes d'école et partenaires de ses excursions à la recherche des framboises, des fraises ou des noisettes, et il s'engagea avec celles-là dans une conversation animée par les gais souvenirs d'enfance.

Néanmoins, son regard errait toujours autour du salon, comme s'il cherchait quelqu'un qui lui manquait encore. Qui donc était-ce ? Ce regard s'anima cependant de l'éclat d'une joie soudaine, quand il eut aperçu la longue et maigre figure de miss Silence ; que cette joie fût causée par le don personnel de fascination possédé par cette respectable lady, ou bien par une autre cause, c'est ce que nous laissons au lecteur à décider.

Miss Silence avait pris la résolution de ne jamais parler au père Mâchoire ni à personne de sa famille ; mais elle se laissa prendre par surprise lorsque, d'un air ou-

vert et d'un ton amical, Joseph lui tendit la main en lui disant : « Comment vous portez-vous ? » Il n'est pas au pouvoir d'une femme de résister à l'accueil si cordial d'un beau jeune homme ; aussi miss Silence ne refusa pas sa main, et elle répondit même avec une grâce qui l'étonna elle-même. En ce moment, certains yeux bleus bien doux, cachés jusqu'alors dans l'ombre, se levèrent sur lui. « rien que pour voir s'il était toujours le même. » Oh ! oui, c'était bien lui avec ses grands yeux noirs aux joyeux regards qui, autrefois, à l'école du district, quittaient à chaque instant pour s'arrêter sur elle, le livre de l'épellation, et Marion Jones donna à ce temps si éloigné un demi-soupir, en s'étonnant de penser « à des choses aussi insignifiantes. »

—Comment se porte votre sœur, la petite Marion ? dit Joseph.

— Eh ! mais, elle est ici... ne l'avez-vous pas vue ? dit Silence ; elle est là-bas, dans ce coin...

Joseph la regarda et il eut peine à la reconnaître. Devant lui était une grande, svelte, rougissante fille qui aurait pu être choisie pour modèle de ce type de santé parfaite et de délicate beauté particulière aux femmes de la Nouvelle-Ang eterre.

Elle racontait quelque histoire plaisante à un groupe de jeunes filles, et le vivant coloris qui montait brillant à ses joues, puis s'affaiblissait pour y reparaître encore ; les fossettes qu'un rire franc creusait dans son jeune visage comme le zéphir sur la surface d'un ruisseau, son œil clair et doux, les boucles floconneuses de ses beaux cheveux blonds, et, par dessus tout, le sourire heureux, réjouissant, et l'expression de franchise qui brillaient autour d'elle comme un rayon de soleil, tout cela formait un ensemble d'attraits qui s'emparèrent de notre héros comme par surprise, et quand Silence qui allait toujours directement en toutes choses s'écria :

« Venez ici, Marion, voilà M. Joseph Adams qui s'informe de vous ! » Notre jeune homme, si peu timide qu'il était, se sentit pourtant rougir jusqu'à la racine des cheveux, et pendant un moment il fut incapable de se rappeler ce premier article des bonnes manières, qui consiste à « saluer comme un garçon bien appris. »

Marion rougit aussi ; mais s'apercevant de la confusion de son ancien camarade, sa physionomie prit une expression de gaîté malicieuse qui, accompagnée des rires étouffés de ses campagnes, contribua à accroître encore la confusion du jeune et bel écolier.

— Mais qu'est-ce qui m'arrive? pensa-t-il tout à coup.

Et, rappelant tout son courage, il fit irruption dans le cercle railleur, commençant à chuchotter avec l'une ou l'autre et les appelant par leurs noms, qu'il leur eût ou non été présenté, et se rappelant des choses qui n'étaient jamais arrivées avec une aisance tout à fait fascinatrice.

— Comme il est devenu beau! pensa Marion; et ses joues se colorèrent vivement quand, à plusieurs reprises, les yeux noirs de notre héros se rencontrant avec les siens, lui témoignèrent qu'il faisait, à son égard, la même observation dans ce dialecte prompt et intelligible que les yeux seuls savent parler.

Quand la petite société se dispersa, comme elle faisait toujours ponctuellement à neuf heures, notre héros réclama de miss Silence l'honneur de la reconduire chez elle, preuve de bon goût qui l'éleva encore plus haut dans l'opinion de la vieille fille. Il est vrai que Marion l'accompagna de l'autre côté, sa petite main blanche posée sur le bras du jeune homme, et il y avait quelque chose dans ce léger attouchement qui le troubla d'une manière indicible, comme on peut en juger par la fréquence des questions que miss Silence était obligée de lui adresser pour empêcher la conversation de tomber, questions dont la persévérance et le ton peu harmonieux étaient une vraie torture pour un pauvre garçon disposé à se livrer aux douceurs d'une vague et amoureuse rêverie.

Quand ils se séparèrent à la porte de miss Silence, celle-ci invita de bon cœur Joseph Adams à venir les voir quelquefois, ce qu'intérieurement il considéra comme la seule chose intéressante pour lui qui eût été dite dans toute la soirée.

Tandis que notre héros s'en retournait lentement chez son père, il se mit, poussé par je ne sais quelle association d'idées, à réfléchir sur les tristesses de la solitude, sur le besoin qu'on éprouve de trouver des esprits assortis au sien, sur les charmes de la sympathie et autres sujets de ce genre.

Pendant la nuit, Joseph rêva qu'il trottait vers la maison brune de l'école avec son petit panier au bras essayant vainement d'atteindre Marion Jones qu'il voyait à quelque distance devant lui, son petit chapeau de paille sur la tête; ensuite, il se vit dans un grand bateau, riant et causant avec elle, son charmant petit visage regardant de tous côtés, tandis que les boucles frisées qui l'entouraient semblaient riantes et joyeuses; puis, il lançait des boules de neige à Tim Williams parce qu'il avait renversé la maison de sa poupée, ou il s'asseyait auprès d'elle sur un banc, l'aidant à additionner une longue colonne de chiffres; mais avec la désolante fatalité des songes, plus il chiffrait et calculait, plus longue et plus incalculable devenait la somme, et il s'éveilla le matin, se dépitant de son mauvais sort, après avoir recommencé l'addition plus d'une demi-douzaine de fois, tandis que Marion le regardait de cet air fin et malicieux qu'il avait vu sur son visage, le soir précédent.

Joseph, lui dit son père, le lendemain après déjeuner, je suppose que les filles du squire Jones n'étaient pas à cette réunion?

— Pardonnez-moi, monsieur, elles y étaient, répondit notre héros; elles y étaient toutes deux.

— Vraiment!... Ai-je bien entendu?

— Certainement oui, elles y étaient, répéta le fils.

— Eh bien! je pensais que la vieille fille avait trop de cœur pour aller chez M. Dudley; vous savez qu'il y a une querelle entre lui et les filles de squire?

— En vérité? dit Joseph. Je croyais que le bon M. Dudley n'avait jamais de querelle avec personne.

— Oh! mais, voyez-vous, cette vieille Silence le forcera bien à en avoir; car, réellement, c'est une créature coriace. Et le père Mâchoire s'enfonça dans son fauteuil en se représentant les propensions querelleuses de Miss Silence avec la satisfaction d'un esprit qui se contemple dans son pareil. Mais je la tiendrai en bride, continua-t-il, je sais comment il faut s'y prendre.

— En vérité, mon père, je ne pensais pas que vous eussiez rien à voir dans ces querelles.

— Ah! vous croyez!... Nous verrons bien si je n'ai rien à voir dans tout cela! reprit le père Mâchoire d'un air de triomphe. Ecoutez-moi, Joseph, vous savez que je veux faire de vous un homme de loi... Je suis presque un homme de loi moi-même, c'est-à-dire que, pour un homme qui n'a pas étudié au collège, je m'entends assez bien dans tous les points de droit. Je vais vous dire ce qu'il en est...

Et tout aussitôt le brave homme s'élança dans le récit de l'éternelle affaire de sa pâture et du moulin, et conclut par ces paroles:

— Et maintenant, Joseph, je vous ai fourni une pierre pour y aiguiser votre esprit.

Pour entrer donc dans ce projet d'aiguiser son esprit de la manière prescrite, notre héros, après déjeuner, se dirigea, comme un fils obéissant, vers la terre du squire Jones, sans doute dans l'intention de se rendre compte par lui-même de la position de la prairie, du moulin et du mur de pierre; mais par quelque méprise dont il est difficile de se rendre compte, il se trompa de route et se trouva bientôt arrêté devant la porte de la maison du squire Jones.

Le vieux squire avait figuré dans l'aristocratie du village, et sa maison était le plus haut terme de comparaison en fait de goût et d'arrangement. Les principales pièces de devant, au lieu d'être jonchées d'épaisses couches de sable, soigneusement ratissées deux fois par semaine, présentaient fièrement aux pieds de l'arrivant un tapis aux bandes rouges, jaunes et noires, tandis qu'une ambitieuse paire de chenets de cuivre aux longues jambes, soigneusement écurés, donnaient à la cheminée un air de magnificence, encore accru par les grandes pelle et pincettes à tête de cuivre qui, comme un décent et cérémonieux couple d'époux, restaient droits à leur place chacun de son côté.

La sainteté du lieu était encore soigneusement maintenue par la fermeture constante des volets, lesquels n'admettaient que tout juste autant de lumière qu'il en pouvait entrer par un trou rond placé dans le haut, et c'était seulement dans des occasions solennelles que cette pièce était ouverte et livrée aux profanes regards.

Notre héros fut donc surpris de voir l'air et le jour arriver librement par les portes et les fenêtres de cet appartement autrefois si soigneusement clos, et il observa avec non moins d'étonnement les symptômes annonçant qu'il était journellement occupé. L'ameublement conservait encore sa raideur massive et gauche, mais de nombreux signes annonçaient que des doigts habiles s'étaient exercés dans ce lieu depuis le temps de la bonne dame Jones. Sur une table était un vase de fleurs, deux ou trois volumes de poésie et un charmant petit panier à ouvrage, duquel sortait le bout d'une manchette brodée, un petit pupitre, et enfin, ce qui n'est pas peu de chose dans les possessions d'une jeune personne, un album dont les pages, de toutes les couleurs de l'arc-en-ciel, contenaient des inscriptions tracées évidemment par des mains viriles « A Marion », indiquant que d'autres avaient des yeux aussi bien que M. Joseph Adams.

— Ainsi, se dit-il à lui-même, cette tranquille petite beauté a eu des admirateurs.

Et, en conséquence de celle-ci, arriva une autre question (qui ne le touchait en rien assurément), celle de savoir si le cœur de la jeune fille était ou non engagé. Il fut tiré de ces réflexions par le bruit d'un pas vif et léger, et bientôt parut Marion.

— Bonjour, miss Jones, lui dit-il en la saluant.

Il y a quelque chose de gracieusement comique dans l'embarras qu'éprouvent deux jeunes gens qui se sont vus assez fréquemment et assez intimement dans l'enfance pour ne pas employer l'un vis-à-vis de l'autre d'autre appellation que celle de leur nom tout court, lorsqu'ils se rencontrent, la première fois, après être devenus de grands personnages qui doivent, mutuellement, se saluer des noms de monsieur ou de mademoiselle. Chacun éprouve un demi-désir, une demi-crainte de retourner à l'ancienne appellation familière et se sent gauchement enchaîné par l'idée que ni l'un ni l'autre ne sont plus maintenant des enfans. Marion et Joseph avaient senti cela dans la soirée précédente, quand ils se rencontrèrent en société ; mais maintenant qu'ils étaient seuls ensemble, le sentiment de gêne devint encore plus fort, et quand Marion eut dit à M. Adams de prendre un siège et que M. Adams se fut enquis de la santé de miss Marion, il retomba dans un silence qui devenait plus difficile à rompre à mesure qu'il se prolongeait, et durant lequel le joli visage de Marion prenait insensiblement une expression de plaisanterie, jusqu'à ce qu'elle arrivât aussi près du rire que la politesse le permettait, et M. Adams ayant regardé dehors par la fenêtre, puis en haut le manteau de la cheminée et puis en bas sur le tapis, regarda enfin Marion ; leurs yeux se rencontrèrent ; l'effet fut électrique ; ils sourirent tous deux, puis éclatèrent de rire, après quoi toute difficulté de conversation s'évanouit.

— Marion, dit Joseph, vous rappelez-vous la vieille maison d'école ?

— Je présumais bien que vous pensiez à cela, dit Marion ; mais réellement vous êtes tellement grandi et changé, que j'avais peine hier à en croire mes yeux.

— Et moi les miens, dit Joseph, avec un regard qui donna un tour très flatteur à ses paroles.

Nos lecteurs comprendront qu'après ceci la conversation tendit à devenir de plus en plus confidentielle et intéressante. Parlant des souvenirs de l'enfance, chacun fit connaître à l'autre ce qui était intervenu, depuis lors, dans son existence, et ces récits leur fournirent mutuellement un nouveau motif de s'apprécier, de s'admirer l'un l'autre. Dans le courant de la conversation, Joseph découvrit que Marion avait besoin de différens livres et jugeant que la promptitude double le mérite de certaines attentions, il promit de les lui apporter le lendemain.

Pendant quelque temps nos jeunes amis continuèrent à se voir sans qu'aucune réflexion leur vînt à l'esprit, si ce n'est qu'il était doux d'être ensemble. Durant les longs et calmes après midi d'automne, ils erraient parmi les bois jaunissans illuminés par l'éclat du jour à son déclin, animant leurs discours par de sentimentales dissertations ou des citations poétiques. Presque tous les soirs, Joseph trouvait quelque prétexte pour revenir : c'était un livre qu'il apportait à miss Marion, un chapelet de racines et d'herbes à miss Silence, ou quelque laine choisie pour son tricot, attentions qui maintenaient notre héros dans les bonnes grâces de la vieille fille et le f isaient considérer par elle comme « un jeune homme qui connaissait la manière de se conduire. »

On ne saurait raisonnablement supposer que toutes ces choses passassent inaperçues par les yeux vigilans qui sont toujours occupés dans les petits endroits à suivre les actions des autres, et, comme il est d'usage en pareil cas, beaucoup de choses furent sues avec certitude avant qu'elles fussent connues par les parties intéressées elles-mêmes. Les jeunes *beaux* et les jeunes *belles* chuchottèrent, ricanèrent et se permirent les plaisanteries et les traits d'esprit rebattus qui ont cours en de telles circonstances, tandis que les vieilles dames traitaient discrètement ce sujet quand elles allaient avec leur tricot faire des visites d'après-midi, considérant combien d'argent avait le père Mâchoire, combien son fils aurait, combien aurait Marion, à combien se monterait tout cela, et si Joseph serait un petit maître et Marion une bonne ménagère, avec tous les *si* et les *mais* de la vie conjugale.

Mais les plus effrayans pronostics s'amoncelaient surtout autour de cette redoutable question : que dirait le père Mâchoire quand il viendrait à savoir où en étaient les choses ? Son procès avec les sœurs étant bien décidé, on pouvait soupçonner facilement comment deux vigoureuses parties belligérantes telles que lui et miss Silence accueilleraient l'idée d'un rapprochement matrimonial.

On disait aussi que M. Dulley avait droit sur la terre qui constituait la plus considérable part de l'héritage de Marion, et que la perte de cette terre rendrait encore plus douteux le consentement du père Mâchoire.

Cependant miss Silence ne se doutait de rien, car l'habitude de traiter Marion comme une enfant n'avait fait que se fortifier en elle avec les années. Marion avait toujours besoin d'être surveillée, enseignée, conseillée et réprimandée, et miss Silence ne pouvait concevoir que quelqu'un qui ne pouvait même faire des salaisons et des conserves sans être guidée par elle, pût avoir seulement l'idée de tenir maison. Assurément, elle commençait à observer un grand changement dans sa sœur ; elle remarquait que, depuis quelque temps, Marion semblait avoir la tête à l'envers ; qu'elle n'était bonne à rien, qu'elle avait fait deux fois du pain de gingembre, et qu'une fois elle avait oublié d'y mettre du gingembre, tandis que, la fois suivante, elle y avait mis de la moutarde, qu'elle avait renversé la salière sur la table, et enfermé le chat dans l'office une demi-douzaine de fois, et que, lorsqu'elle était grondée pour ces péchés d'action et d'omission, elle avait répondu par un accès de pleurs et avait fait encore plus mal qu'auparavant. L'opinion de Silence était que Marion devenait faible et nerveuse, et elle s'occupait actuellement à faire bouillir un redoutable pot d'absinthe et de centaurée qui, disait-elle, devait combattre la faiblesse et l'énervement dont elle souffrait. En vain la pauvre Marion protesta qu'elle n'avait aucun mal. miss Silence s'y *connaissait mieux qu'elle*, et un soir elle entretint longuement M. Joseph Adams en lui exposant la maladie de sa sœur, sans oublier aucun des symptômes, et en lui demandant avec candeur si, dans son opinion à lui, l'ordonnance de l'absinthe et de la centaurée ne devait pas être exécutée.

La pauvre Marion venait justement, ce même après-midi, de quitter une société de jeunes mies qui l'avaient raillée sans miséricorde sur les attentions dont elle était l'objet, à tel point qu'elle commença à penser que les feuilles des arbres et les pierres mêmes avaient des yeux pour pénétrer ses sentimens secrets. Mais il était encore plus mortifiant pour elle de voir tout ce qu'elle éprouvait exposé aux regards de la personne même à qui elle craignait surtout de le laisser voir.

— Certainement, se disait-elle, il pensera que j'agis comme une sotte ; peut-être n'a-t-il pour moi que de l'amitié, après tout, et je ne voudrais pas, pour le monde entier, lui faire supposer que je m'occupe de lui plus que de tout autre ami.... Je ne voudrais pas surtout qu'il pût me croire éprise d'amour....

Rougissant à cette pensée, elle pressait le mouvement de ses aiguilles à tricoter, sachant à peine ce qu'elle faisait, lorsque Silence s'écria :

— Eh bien! Marion, de quelle manière vous y prenez-vous pour faire le talon de ce bas ! quelle espèce d'ouvrage croyez-vous donc faire ?

Marion jeta son tricot sur la table, et laissant échapper quelques paroles de dépit, elle quitta vivement la chambre.

— Avez-vous jamais rien vu de pareil? dit Silence en quittant l'étoffe sur laquelle elle se complaisait à faire les plus beaux points-arrière, que peut-elle donc avoir, monsieur Adams ?

— Miss Marion est certainement indisposée . reprit gravement notre héros ; je vais aller lui conseiller de suivre vos avis, miss Silence.

Joseph rejoignit Marion dans le jardin, auprès de la porte d'entrée de la maison où elle se tenait , regardant la lune, et il la pria de lui dire ce qui la tourmentait.

D'abord , elle répondit qu'elle n'avait rien , selon l'habitude ordinaire des jeunes filles en pareil cas, et , pour faire voir qu'elle était parfaitement à l'aise , elle commença une rude et impitoyable attaque contre un buisson de roses blanches, placé , malheureusement pour lui, tout près de là.

— Marion , dit Joseph en posant sa main sur les siennes et d'un ton qui la fit tressaillir.

D'un gracieux mouvement de tête , elle secoua ses boucles frisées et leva vers lui des regards innocens et confians.....

Mon cher lecteur, il faut que vous complétiez vous-même cette partie de notre histoire. Nos principes nous défendent de révéler les « sacrés mystères; les pensées qui respirent et les paroles qui brûlent » dans des entrevues au clair de lune comme celle qui eut lieu entre nos jeunes amis. Vous pouvez vous imaginer tout ce qui suivit , et nous pouvons seulement assurer à ceux qui conserveraient là dessus quelques doutes, que, grâce à quelques soins judicieux, des cas semblables à celui-ci peuvent être amenés à bien sans absinthe ni centaurée.

Notre héros et notre héroïne furent rappelés aux réalités sublunaires par la voix de miss Silence, qui s'avança pour voir ce qu'ils faisaient sur la terre. Elle fut fort satisfaite en apprenant de la bouche d'un jeune homme aussi instruit que Joseph, qu'il n'y avait rien d'immédiatement alarmant à appréhender dans la santé de Marion, et elle se retira. Depuis ce jour , la jeune fille se sentit le cœur plus léger, et Miss Silence eut moins à se plaindre de ses distractions.

— Vous saurez, Joseph, dit le père Mâchoire, vous saurez que j'entends dire partout que vous vous êtes mis en tête de faire la cour à cette Marion Jones. Je désire savoir de vous si cela est vrai?

Cette interrogation imprévue prit notre héros au dépourvu, et il ne trouva pour répliquer que ces paroles :

— Eh bien! monsieur, en supposant que cela fût vrai, quelle objection s'élèverait dans votre esprit?

— Point de mots inutiles, dit le père , je désire seulement savoir si c'est vrai.

Notre héros mit ses mains dans ses poches, alla vers la fenêtre et se mit à siffler.

— Si l'on ne m'a pas trompé, reprit le père, je vous conseille de cesser au plus tôt vos assiduités, car je vous déclare que la fille du squire Jones n'aura jamais un sou de mon argent.

— Mais, mon père, répondit enfin Joseph, Marion

n'est pas à blâmer pour ce qu'a fait son père, et bien certainement c'est une jolie fille.

— Il m'importe fort peu qu'elle soit jolie. Je vous ai fait donner de l'éducation, Joseph ; pour cela, j'ai rudement travaillé. Comment me récompensez-vous de toutes mes peines? Vous arrivez ici, et la première chose que vous faites, c'est de courtiser cette fille du squire Jones qui s'est toujours mis en travers de mon chemin.

Vous saurez, en outre, que je prétends intenter un procès à ces demoiselles, et M. Dudley doit leur en faire un aussi, et ce procès emportera la plus grande partie de l'héritage de la jeune fille. Quand vous songerez à vous marier, je prétends que vous épousiez une femme qui ait du bien. C'est un tour qu'elles veulent me jouer, mais elles n'en sont pas encore où elles pensent être. Je m'en vais partir à l'instant pour avoir une explication avec cette vieille Silence, et lui signifier qu'elle ait à diriger ses batteries d'un autre côté.

Ce fut en vain que Joseph essaya de calmer son père et de le retenir au logis. Nous savons déjà que toute opposition n'avait d'autre effet que de fortifier sa volonté. Le vieux taquin se dirigea donc vers le logis du squire Jones.

— Silence, dit Marion en retirant sa tête de la fenêtre et paraissant toute effrayée, voici le père de M. Adams qui vient ici.

— Eh bien ! enfant, qu'y a-t-il là d'extraordinaire, et pourquoi trembler? Il ferait beau voir que nous eussions peur de lui! S'il lui faut quelque chose de plus que ce que je lui ai donné la dernière fois qu'il vint ici, me voici prête à le servir !

En parlant ainsi, miss Silence prit son tricot , marcha vers le parloir, s'affermit dans une attitude de défense, tandis que la pauvre Marion, sentant son cœur battre à lui rompre la poitrine, s'enfuit hors de l'appartement.

— Bonjour, miss Silence, dit le vieillard, de la porte, en grattant ses pieds au décrottoir.

Il resta à les frotter sur le paillasson au moins pendant dix minutes de délibération silencieuse.

— Bonjour, monsieur, dit Silence, abrégeant les cérémonies.

Le père Mâchoire se posta sur une chaise en face de l'ennemi, posa son chapeau sur le plancher et examina miss Silence d'un air de satisfaction bourrue , comme un homme qui se prépare à une attaque décisive et cherche l'endroit où il portera les premiers coups.

Miss Silence secouait la tête dédaigneusement, mais elle semblait regarder comme indigne d'elle d'entamer les hostilités.

Ainsi, miss Silence, dit le père Mâchoire d'un air délibéré, vous ne voulez entrer dans aucun arrangement au sujet de cette affaire ?....

— Quelle affaire? dit Silence , avec une intonation semblable au bruit d'un marron qui éclate dans le feu.

— Je voulais parler, miss Silence, de cette affaire dont je vous ai déjà entretenue, au sujet de la friponnerie du squire Jones qui....

— M. Adams, dit Silence, je vous le dirai tout d'abord : je n'entends pas être traitée par vous avec cette insolence. Il faut que vous n'ayez ni la première idée des convenances , ni le moindre sens commun, ni le moindre cœur, pour me parler ainsi de mon père, et je ne supporterai pas ce langage, je vous le déclare.

— Là , miss Jones, dit le père Mâchoire, que vous êtes vive ! Il est vrai que le squire Jones est mort et enterré, et il est mieux de ne pas l'appeler fripon , comme je le disais à M. Dudley quand il me parlait dernièrement de ce lot de terre...Voussavez...ce lot de de terre qu'il lui a payé et dont il n'a jamais pu obtenir le reçu.

— C'est un mensonge ! s'écria Silence en se levant avec fureur, le plus noir de tous les mensonges ! Je vous dis cela maintenant, avant que vous ajoutiez un mot de plus.

— Miss Silence, réellement, vous me semblez bien prompte à vous mettre en colère, dit le père Mâchoire. Eh ! bien, assurément, s'il passe par là-dessus, d'autres le peuvent aussi et peut-être laissera-t-il tomber l'affaire, parce que le squire Jones était membre de l'église, et M. Dudley n'aime pas à accuser hautement un homme ainsi placé ; mais réellement, maintenant, miss Silence, je n'aurais pas cru que vous et Marion fussiez capables d'agir avec tant de ruse.

— Je ne sais ce que vous voulez dire et, qui plus est, je ne m'en embarrasse guère, dit Silence en reprenant son ouvrage et rappelant à elle la dignité froide et hautaine qu'elle avait déployée en commençant.

Il y eut une pause de quelques instants, durant laquelle les traits de Silence tremblaient de rage contenue, ce que contemplait son ennemi avec une satisfaction non déguisée.

— Vous croyiez peut-être que je n'étais pas instruit de toutes vos intrigues et de la manière astucieuse dont vous avez dressé Marion à faire la cour à mon fils !

— Faire la cour à votre fils !... Je voudrais bien savoir ce que vous entendez par là. Je vous jure bien que personne ne s'occupe de votre fils, quoique ce soit un garçon assez civil et assez bien élevé ; mais avec un vieux dragon de père tel que vous, je vous garantis que personne ne sera tenté de lui faire la cour ni de se la laisser faire par lui.

— En vérité, miss Silence, vous n'êtes pas polie, maintenant.

— Polie ! je voudrais bien savoir qui pourrait être polie en face de vous ? Vous savez aussi bien que moi que vous parlez ainsi par pure méchanceté, et que par méchanceté aussi vous allez colportant les plus mauvais propos sur nous dans tout le voisinage.

— Miss Silence, dit le père de Joseph, je ne veux pas en venir aux gros mots avec vous, mais il est bien connu dans tout le voisinage que votre Marion croit avoir enjôlé mon fils. Vous avez peut-être pensé que c'était le meilleur moyen de terminer nos différends. Cependant, je vous le déclare, je viens de signifier à mon garçon que je ne consentirais pas à ce mariage. Je lui ai dit que des jeunes gens ne devaient pas se mettre en ménage sans avoir de quoi faire aller une maison, et que si Marion perdait cette pièce de terre, comme cela est probable, son bien se trouverait réduit à fort peu de chose ; par conséquent, je désire que vous ne donniez aucun encouragement aux idées de ce jeune fou qui pourraient aller dans le sens d'un mariage.

— Fort bien ! c'est à merveille ! s'écria Silence poussée à bout de toute patience, vieux tourmenteur ! Mais je ne sais vraiment à qui vous en avez ! Moi et Marion avons fait la cour à votre fils ? N'êtes-vous pas honteux d'inventer de tels contes ! Je serais curieuse de savoir ce qu'elle ou moi nous avons fait pour vous mettre cette idée en tête ?

— Je ne vous accuse pas d'avoir, par vous-même, séduit mon fils, il y a de trop bonnes raisons pour vous disculper de ce fait, et il ne faut que vous regarder pour être sûr de votre innocence ; quant à Marion, c'est autre chose...,

— Ici, Marion ! Marion !... Descendez ! s'écria en ouvrant la porte, miss Silence tout en colère. Descendez vite ! M. Adams veut vous parler.

Marion, agitée et tremblante, descendit et parut à l'entrée de la chambre où elle s'arrêta hésitante et in-

quiète, regardant timidement d'abord le père de Joseph, puis sa sœur qui, sans préambule, aborda ainsi le sujet de l'entrevue :

— Marion, cet homme prétend que vous avez enjôlé et séduit son fils, et je vous ai fait venir pour que vous lui disiez que vous n'avez jamais pensé à ce garçon et que vous n'y penserez jamais.

Cette prudente manière d'annoncer le sujet dont il était question eut pour effet immédiat de faire naître de brûlantes couleurs sur le visage de la jeune fille qui resta droite et immobile comme un coupable convaincu, les yeux fixés sur le plancher.

Le père Mâchoire, tout sauvage qu'il était, avait toujours été sensible aux grâces et aux attraits féminins, comme les animaux féroces sont, dit-on, mystérieusement dominés par le pouvoir de l'harmonie, et il contempla ce beau visage triste et confus avec un sentiment de douceur et de pitié qu'il s'étonna lui-même de ressentir. Quant à miss Silence, irritée de voir que Marion ne répondait pas immédiatement à la question qu'elle lui avait posée, elle saisit sa sœur par le bras, en lui disant avec colère :

— Marion ! pourquoi ne parlez-vous pas, enfant ?

Appelant alors à son aide le courage du désespoir, Marion secoua la main de Silence et s'affermissant elle-même avec autant de dignité gracieuse qu'une humble fleur relevant sa tête que viennent de courber quelques gouttes de pluie :

— Silence, dit-elle, je ne serais pas descendue si j'eusse prévu que je dusse entendre ici de telles paroles. M. Adams, tout ce que j'ai à vous dire, c'est que c'est votre fils qui m'a recherchée et non pas moi qui ai recherché votre fils. Si vous désirez en savoir davantage, il peut vous en dire plus que moi.

— Eh ! bien, je le jure, elle est charmante, dit le père Mâchoire, tandis que Marion fermait la porte.

Cette exclamation fut involontaire ; bientôt, revenant à lui-même, il prit son chapeau en disant :

— Je crois que je ferai aussi bien de m'en aller.

Et il se disposa au départ ; mais, se retournant avant de fermer la porte, il dit :

— Miss Silence, si vous vous décidiez à faire quelque chose au sujet de cette clôture, faites-le moi savoir par quelques mots.

Silence, sans daigner faire aucune réponse, se dirigea vers la petite chambre de Marion où la jeune fille se livrait à un violent accès de pleurs.

— Marion, je n'aurais pas cru que vous auriez été si sotte, lui dit-elle ; il faut que je sache, maintenant, si vous avez vraiment songé au mariage et surtout à ce Joseph Adams entre tous les autres !

Pauvre Marion ! quel intermède dans ses jolis petits rêves romanesques au sujet de la sympathie, des sentimens et cent autres délicieuses idées qui flottent comme des oiseaux chantans à travers le monde féérique du premier amour ! Quel intermède ! Etre sommée par de discordantes voix humaines animées par la colère de dévoiler tous les secrets chéris qu'elle n'avait encore osé s'avouer tout bas à elle-même ! Il lui sembla que l'amour même avait été profané par les mains rudes et grossières qui l'avaient touché, de sorte qu'aux paroles adoucies de sa sœur, Marion ne fit d'autre réponse que de pleurer et sanglotter plus amèrement.

Le cœur de miss Silence, pour être courageux, n'en était pas moins bon ; en voyant Marion si profondément affligée, elle se sentit émouvoir par degrés.

— Marion, pauvre petite sotte, dit-elle en lui donnant une tape amicale en signe de vive sympathie, je vous plains bien sincèrement ; ce vaurien de garçon vous aura trompée, je le crois.

— Oh ! ne dites pas un mot de plus à ce sujet, pour

l'amour de Dieu, dit Marion, tout cela me fait un mal affreux.

— Vous avez raison, Marion ! Je suis aise de vous entendre parler ainsi ! Soyez tranquille, si j'attrape ce Joseph Adams rapportant encore ici sa face blafarde, je lui dirai très bien son fait !

— Non, non ! n'en faites rien, pour l'amour du ciel ! Ne dites rien à M. Adams... Ne dites rien !

— Eh bien ! mais, dans tous les cas, il faut que je fasse savoir à Joseph Adams que nous n'avons que faire de lui, ici !

— Mais je ne voudrais pas lui faire dire cela... c'est à dire... je ne sais pas... de grâce, chère sœur, ne dites rien à ce sujet.

— Pourquoi non ? je pense bien que vous n'avez pas assez peu de cœur pour désirer de l'épouser encore, après tout ce qui s'est passé !.... Hein !.... répondez donc ?

— Je ne sais pas ce que je désire ou ce que je ne désire pas ; seulement, Silence, si vous m'aimez, promettez-moi de ne rien dire à M. Adams... je vous en conjure !

— Eh bien ! donc, je ne dirai rien, reprit Silence ; mais, Marion, si réellement vous étiez amoureuse depuis quelque temps, pourquoi n'êtes-vous pas venue me le dire ? Ne savez-vous pas que j'ai pour vous le cœur d'une mère, et n'auriez-vous pas dû me dire tout cela dès le commencement ?

— Je ne savais pas, Silence ! Je ne pouvais pas... Je n'aime pas à parler de cela.

— Eh ! bien, Marion, vous ne me ressemblez guère, dit Silence.

Cette remarque, preuve d'un grand discernement, termina la conversation.

Le soir même, notre ami Joseph se dirigea vers la demeure des deux sœurs, non sans quelque anxiété, car il savait, par l'air satisfait de son père, que la guerre était déclarée. Il entra dans la chambre de la famille et n'y trouva personne, que miss Silence assise, refrognée comme un sphinx égyptien, cousant vigoureusement un sac à farine, occupation si intéressante qu'elle jugea à propos de s'y laisser assez complétement absorber pour ne pas remarquer l'entrée de notre héros. Aux paroles habituelles de Joseph : « Bonsoir, miss Silence », elle répondit par un signe de tête très froid et se remit à sa couture ; elle paraissait décidée à exécuter à la lettre sa promesse de ne rien dire à M. Adams.

Notre héros, ainsi que nous l'avons déjà établi, connaissait tous les tours et les détours de l'esprit féminin, et il résolut mentalement de faire bonne contenance et de ne pas paraître comprendre ni s'apercevoir qu'il était moins bien reçu qu'à l'ordinaire. Comme il faisait froid et comme le feu de l'âtre était mourant, M. Joseph s'occupa activement à ranimer la flamme, renversant les pincettes, la pelle, le soufflet, tandis qu'il fourrageait tout le foyer, remuant les cendres, écartant les tisons et puis, en un clin-d'œil, il courut au bûcher, d'où il rapporta une énorme bûche de fond et un autre morceau de bois pour mettre sur le devant, avec quelques menus fagots qu'on entendit bientôt bruire et pétiller dans la cheminée.

— Là, maintenant, ce feu me paraît assez confortable, dit le jeune homme en tirant à lui le lourd fauteuil à roulettes ; il s'y assit ensuite et se frotta les mains d'un air fort satisfait.

Miss Silence ne leva pas les yeux, mais elle hâta si bien son travail qu'on pouvait entendre distinctement le craquement de l'aiguille et le sifflement du fil dans toute la chambre.

— Avez-vous mal à la tête ce soir, miss Silence ?

— Non, répondit-elle d'une voix brève.

— Etes-vous bien pressée de finir ces sacs ? dit-il en jetant un coup-d'œil sur la pile d'ouvrage à faire qui était placée auprès d'elle.

Elle ne répondit rien encore.

— Bon, se dit intérieurement Joseph, je saurai bien la faire parler.

L'étui et le fil brun de miss Silence étaient posés sur une chaise à côté d'elle. Joseph ouvrit l'étui, choisit une aiguille qu'il enfila lui-même, et, prenant un des sacs, il se planta hardiment tout en face de miss Silence, et attachant son ouvrage sur son genou, il commença à coudre avec autant d'activité et d'acharnement que la vieille fille.

Miss Silence leva les yeux et s'agita sur son siége ; puis elle se remit à coudre plus vite encore qu'auparavant, mais plus elle cousait vite, plus vite aussi et plus ferme cousait notre héros, et tout se passait dans un merveilleux silence.

Mais un étrange tiraillement commença à agiter les muscles de la face de la vieille fille ; Joseph en prit note aussitôt, ayant su, lui, maintenir sur ses traits une expression de gravité sans exemple qui devenait même de plus en plus intense à mesure qu'il s'apercevait, par certains mouvemens de contrainte, que l'adversaire commençait à chanceler.

Tandis qu'ils étaient là, cousant à qui mieux mieux, leurs aiguilles bourdonnant l'une et l'autre, comme une paire de locomotives engagées en conversation, Marion ouvrit la porte.

La pauvre enfant avait pleuré pendant presque toute la journée et n'était pas dans une très joyeuse humeur ; mais du moment que son œil, d'abord étonné, saisit et comprit cette scène, elle fut prise d'un accès de rire inextinguible, tandis que Silence abandonnait enfin son aiguille d'un air moitié riant et moitié fâché. Notre actif couseur, cependant, continuait sa tâche avec une inflexible persévérance, détachant son ouvrage pour le rattacher plus loin et poursuivant sa couture avec une vélocité toujours croissante.

La pauvre miss Silence fut enfin vaincue et se joignit au rire bruyant qui agitait convulsivement sa sœur. Enfin Joseph détacha encore son ouvrage et, le pliant, il regarda sa partner avec tout l'aplomb de l'audace triomphante ; puis, s'adressant à Marion :

— Votre sœur avait une telle pile de ces taies d'oreillers à faire, dit-il, qu'elle semblait tout à fait découragée, ce qui m'a engagé à lui en faire une demi-douzaine ; lorsque je suis entré, elle était si occupée, qu'elle n'a pas même pu me parler.

— Eh bien ! vous l'avez emporté sur moi, grâce à votre effronterie, dit Silence.

— Dites plutôt grâce à mon industrie, répondit Joseph.

Marion, qui avait été tout le jour dans une disposition tragique et qui ne voyait rien de moins sublime dans l'avenir qu'une éternelle séparation d'avec son amant, fut entièrement révolutionnée par le tour inattendu donné ainsi à ses idées. Quant à notre héros, profitant de l'occasion qu'il s'était créée, il continua à exercer son pouvoir de divertir, jusqu'à ce que miss Silence, déclarant qu'elle était plus fatiguée par ses fous rires qu'elle ne l'eût été pour avoir savonné tout le jour, prit son flambeau, et cédant à son bon naturel autant qu'à son envie de dormir, elle laissa les jeunes gens arranger entre eux leurs affaires. Après son départ, il y eut une assez longue pause ; notre héros, enfin, vint s'asseoir auprès de Marion, à laquelle il demanda très sérieusement si son père avait fait le matin des propositions de mariage à miss Silence.

— Non, provocante créature, dit Marion en riant encore de l'étrangeté de cette idée.

— Eh ! bien, n'allez vous pas encore allonger votre

visage, dit Joseph, lorsque son rire se fut calmé; si je vous avais laissé faire vous l'auriez eu bien long pendant toute la soirée. Sérieusement, maintenant, je sais que quelque chose de pénible a dû se passer entre mon père et vous ce matin, mais je ne veux pas demander ce que c'était. Seulement, je vous dis avec franchise qu'il a exprimé sa désapprobation de notre engagement, qu'il m'a défendu de le tenir et...

— Et, en conséquence, je vous délie de toute promesse et de toute obligation envers moi, avant même que vous le demandiez, dit Marion.

— Vous êtes fort accommodante, répondit Joseph; je ne peux pas me montrer aussi obligeant en abandonnant certaines promesses qui m'ont été faites, à moins pourtant que les sentimens qui les ont dictées ne soient changés aujourd'hui.

— Oh! non... non, en vérité, dit Marion vivement; vous savez que cela n'est pas; mais si votre père s'oppose....

— Si mon père s'oppose... ce n'est pas lui qui se mariera pour moi!

— Soyez sérieux, Joseph, dit Marion.

— Eh bien, sérieusement, Marion, je connais mes obligations envers mon père; et en tout ce qui tient à son bien-être, je serai respectueux et soumis, car je n'ai nul orgueil de collégien au sujet de la soumission; mais dans une affaire aussi complètement personnelle que le choix d'une femme, dans une affaire qui doit influer sur mon bonheur, très longtemps encore après que mon père ne sera plus, je soutiens que j'ai le droit de consulter mes propres inclinations et, avec votre permission, ma chère petite dame, je prendrai cette liberté.

— Mais si votre père se fâche, vous savez quelle espèce d'humeur est la sienne; et pourquoi persisterais-je à entraver la route de votre avenir?

— Eh! quoi, ma chère Marion, pensez-vous que je sois dépendant de mon père comme l'héritier d'une grande famille anglaise qui n'a rien à faire que de se tenir tranquille et d'attendre que la fortune lui arrive? Non, j'ai de l'énergie et de l'éducation pour m'en servir, et si je ne puis prendre soin de moi-même et de vous aussi, alors rejetez-moi loin de vous, et dites-moi adieu pour toujours.

Tandis que Joseph parlait ainsi, la conscience de son pouvoir rayonnait sur son beau visage. Il s'arrêta un instant, puis il reprit : Néanmoins, Marion, je respecte mon père; quoi que les autres puissent dire de lui, je n'ai pas oublié que je dois à ses rudes travaux l'éducation qui me rend propre à tout, et je ne lui tiendrai pas tête étourdiment ni grossièrement. Je ne désespère pas d'obtenir son consentement; mon père a un grand faible pour les jolies filles, et si son amour pour la contradiction n'est pas tenu éveillé par des argumens provoquans, je me fie au temps et à vous du soin de le faire enfin entrer dans nos vues; mais quelque chose qui arrive, soyez assurée, ma bien aimée, que mon choix est fait pour la vie, et que je ne changerai pas.

Ensuite la conversation prit un tour que peuvent imaginer facilement ceux qui ont été dans la même situation.

— Eh bien! monsieur Dudley, dit un jour le père Mâchoire à son voisin, je ne sais vraiment plus que penser maintenant; voici mon Joseph qui est pris dans les filets de cette petite Marion.

Ce fut là l'introduction d'une des visites périodiques de maître Mâchoire à M. Dudley, qui le reçut avec son air ordinaire de douce abstraction au coin d'un brillant feu de novembre dont il regardait se consumer les charbons, tandis que son active ménagère faisait mou-

voir adroitement auprès de lui les aiguilles de son tricot.

Un fin observateur aurait pu supposer que ceci n'apprenait rien de nouveau au bonhomme qui avait, dernièrement encore, donné une foule de bons avis à Joseph; mais il laissa seulement ses traits se détendre en un tranquille sourire et dit :

— Voyons, contez-moi donc cela !

— Oui; eh! bien réellement, cette fille est jolie; j'ai entendu dire que la femme de notre nouveau ministre en raffolait.

— Ainsi, votre fils va l'épouser? dit la bonne dame. Je savais cela depuis longtemps.

— Un instant.... pas si vite. Il faut être deux pour conclure un marché. Joseph ne m'a jamais dit un mot de cela; il a fait à sa tête en courtisant la fille, et quand je vins à tout savoir : Joseph, lui dis-je, cette fille ne me convient point; et je lui parlai alors de cette vieille clôture, puis du vieux moulin, puis de cette bonne terre à moi qui se trouve toujours inondée. Je lui parlai aussi de ce lot de terre de Marion; et, à ce propos, j'aimerais à savoir maintenant comment tournera l'affaire de ce lot ?

— Le juge Smith et le squire Moseley diront que mon droit est valable, répond t M. Dudley.

— Vraiment? dit le père Mâchoire avec beaucoup de satisfaction, je pense bien que vous allez poursuivre... Dites, ne le ferez-vous pas ?...

— Je ne sais, répondit-il d'un air pensif.

Le père Mâchoire était complètement émerveillé de voir que quelqu'un au monde pût hésiter à entreprendre un procès au sujet d'une belle pièce de terre, quand il était sûr de le gagner; c'était là un problème insoluble pour lui.

— Vous dites que votre fils a courtisé la jeune fille ? dit M. Dudley après une longue pause. Ce morceau de terre est la plus belle portion de l'héritage de Marion; je l'ai payé cinq cents dollars, et j'ai retrouvé des papiers que le juge Smith et le squire Moseley affirment devoir me faire donner gain de cause devant tous les tribunaux du monde.

Le père Mâchoire dressa les oreilles et devint toute attention; il regardait la liasse de papiers avec des yeux ardens; mais, à son grand désappointement, le vieillard les remit bientôt résolument dans son pupitre, les enferma à clé et revint à sa place.

— En vérité, dit le père Mâchoire, j'aimerais à connaître tous les détails de cette affaire.

— Eh bien! dit M. Dudley, les gens de loi doivent venir ici demain soir, et si cela vous intéresse, vous pouvez venir en causer avec eux.

Le père Mâchoire partit fort content de cette invitation, et il se demanda pendant toute la journée comment il pouvait avoir gagné la confiance du vieillard qui, à sa grande satisfaction, allait enfin avoir un procès comme tout le monde.

Le jour suivant, la maison de M. Dudley était tout en mouvement; la plus belle chambre était ouverte et aérée; on fabriquait une énorme fournée de pâtisserie, et notre ami Joseph allait et venait d'un air affairé dans toute la maison, s'entretenant souvent en particulier avec M. Dudley, dont la femme s'agitait en tous sens d'un air profondément mystérieux, et qui ne donnait même qu'à voix basse ses ordres à propos des œufs et des raisins secs, comme si elle eût craint, dans la moindre parole, de laisser pénétrer quelque important secret.

Dans l'après-midi de ce jour, Joseph arriva chez les deux sœurs et leur annonça qu'il y avait le soir compagnie chez M. Dudley et qu'il était envoyé pour les inviter à y venir.

— Eh! qu'est-il donc arrivé à ces gens depuis quelque temps, pour qu'ils aient si souvent de la compagnie ? Joseph Adams, je crois qu'il y a là dessous quelque tour de votre façon. Voyons, dites-le franchement, que nous préparez-vous ?

— Allons, allons, habillez-vous et apprêtez-vous vite, dit Joseph ; et s'approchant de Marion, comme elle suivait Silence pour sortir de la chambre, il lui dit tout bas à l'oreille quelques paroles qui la firent arrêter tout court et rougir instantanément.

— Quoi ! Joseph ? que voulez-vous dire ?

— Cela est ainsi, répondit-il.

— Non, non, non, en vérité, je ne puis.

— Oh ! que si vraiment, vous le pouvez, Marion.

— Oh ! Joseph, n'insistez pas, je vous en supplie.

— J'insiste et je persiste, dit-il en riant.

— Mon Dieu ! que cela est étrange, Joseph.

— Allons, allons, ma chère, ne me faites pas attendre plus longtemps votre consentement. Si vous avez quelques objections à faire au sujet des exactes bienséances, nous causerons de cela demain. Et notre héros paraissait si triomphant et si déterminé qu'il n'y avait pas à disputer plus longtemps ; aussi, après quelques hésitations, quelques rougeurs nouvelles de la part de Marion, et quelques phrases persuasives de la part de son amant, la jeune fille sembla arrivée à un état de complète résignation.

A une table placée au milieu du salon de M. Dudley, étaient assis deux hommes de loi dont l'opinion légale devait, ce soir là, se manifester. Le plus jeune des deux, le squire Moseley, était un petit jeune homme rose, souriant, sautillant et remuant, qui se vantait de s'être offert alternativement à toutes les jolies filles de vingt milles à la ronde et, notamment, à Marion Jones, ce qui ne l'avait pas empêché de rester encore célibataire, avec la perspective presque certaine de devenir un vieux garçon ; mais ce malheur dans ses amours n'était pas capable de troubler le flux sans bornes d'amabilité et de complaisance qui, chez lui, semblait toujours prêt à déborder. Dans l'occasion présente, il semblait surtout dans son élément, comme s'il eût eu entre les mains quelque affaire convenant particulièrement à son genre d'esprit ; car, en finissant l'inspection des papiers, il fit un bond sur son siége, donna à son confrère plus grave une rude tape dans le dos, fit deux ou trois tours dans la chambre, puis, saisissant la main de M. Dudley, il la secoua violemment en s'écriant :

— A merveille ! à merveille ! nous sommes sûrs de notre affaire !

Quand le père Mâchoire fut entré, M. Dudley, sans préambule, lui avança un siége et lui présenta les papiers en lui disant :

— Voici les pièces que vous avez désiré voir. Je souhaite que vous en preniez connaissance.

Le père Mâchoire les parcourut sur-le-champ.

— Eh ! bien, ne vous l'avais-je pas dit ? s'écria-t-il. Le cas est clair, maintenant n'allez-vous pas plaider ?

— Ecoutez moi, monsieur Adams, à présent que vous avez lu ces papiers je vais vous faire une proposition. Que votre fils épouse Marion Jones, je brûlerai toutes ces pièces, il n'en sera plus question, et il n'y aura pas dans toute la paroisse une fille si richement dotée.

Le père Mâchoire ouvrit de grands yeux étonnés et tandis qu'il regardait ainsi le vieillard, sa bouche s'élargissait de plus en plus, comme s'il eût voulu avaler l'étrange idée qui ne pouvait entrer dans sa cervelle.

— Bah !... vraiment?... dit il enfin.

— Je tiendrai ce que je viens de vous promettre, dit M. Dudley.

— Mais c'est comme si vous donniez à la fille cinq cents dollars de votre poche, et pourtant elle ne vous est nullement parente.

— Je le sais, répondit le vieillard ; mais, encore une fois, ce que j'ai dit, je le ferai.

— Et dans quelle diable d'intention ? demanda le père de Joseph.

— Pour obtenir la paix, dit le bon homme, et pour vous faire voir que, quand je dis qu'il vaut mieux abandonner ses droits que de plaider, je parle selon ma conscience. Je suis vieux ; mes enfans sont morts — ici sa voix fléchit — mes trésors sont placés dans le ciel ; si je puis faire le bonheur de ce jeune couple, ce sera pour moi une douce joie ici-bas. Quand je croyais avoir perdu ce lot de terre, j'en avais pris mon parti, ainsi je puis bien le prendre encore.

Le père Mâchoire regarda fixement le vieillard et lui dit :

— Eh ! bien, je vous crois. Par ma foi, si vous n'avez pas une belle place dans l'autre monde, personne n'est digne d'en avoir une... et voilà tout ; ainsi, Joseph n'a pas d'objections à faire, et je crois bien deviner qu'il n'en aura pas...

— Le résultat de tout ceci, dit le squire, c'est que nous aurons une noce ; ainsi poursuivons !...

En parlant ainsi, il ouvrit la porte du parloir où Joseph et Marion causaient ensemble dans l'embrasure de la fenêtre, tandis que Silence et le révérend M. Bissel étaient assis auprès du feu, et que la maîtresse du logis balayait le foyer, ce qu'elle n'avait cessé de faire depuis que la société était arrivée.

Aussitôt, Joseph prit la main de Marion et la conduisit au milieu du salon ; le joyeux squire saisit la main de miss Silence et la présenta comme fille d'honneur. Avant que personne eût eu le temps de se reconnaître, la cérémonie allait son train et le ministre ayant été prévenu et instruit d'avance l'accomplit avec une célérité extraordinaire.

— Eh ! bien, eh ! bien, eh ! bien, disait le père Mâchoire, Joseph ! M. Dudley !

— Une bonne affaire, monsieur, disait le squire.

— Donnez vos papiers, M. Dudley.

Il les donna, et le squire, les ayant lus à haute voix, procéda avec beaucoup de cérémonie à l'acte important de les jeter au feu. Après quoi, dans un discours solennellement burlesque, il raconta toute l'affaire et conclut par une grave exhortation au jeune couple sur les devoirs du mariage, qui fit rire jusqu'au ministre lui-même.

Le père Mâchoire regarda d'abord sa jolie bru qui recevait, moitié en souriant, moitié en rougissant, les félicitations de la société, et puis après, miss Silence qui paraissait aussi complètement prise par surprise que lui-même.

— Eh bien, miss Silence, dit-il, voici des jeunes gens qui nous ont joliment fait aller ! Il me semble que la seule chose qui nous reste à faire, c'est de nous donner une poignée de mains par là dessus.

Et les deux puissances guerrières se donnèrent cordialement la main, ce qui fut le signal d'une joie générale.

Tandis que la compagnie se dispersait, miss Silence s'empara du bon M. Dudley, et de sa robuste main le tirant à l'écart :

— Monsieur Dudley, lui dit-elle, je rétracte tout ce que j'ai dit contre vous, je reconnais que j'avais tort.

— Pas un mot de plus là dessus, miss Silence, dit l'excellent homme, tout est fini, n'en parlons plus.

Le lendemain, en déjeunant avec son fils et Marion, l'homme aux procès, devenu plus pacifique, disait à son fils : Joseph, je sens bien que cette petite femme est en train de gagner mon cœur, et comme je suis fier de

l'avoir pour fille, je veux l'établir convenablement.
J'ai donc résolu de vous donner ce joli petit domaine
qui m'est échu sur l'hypothèque de Stanton : c'est un
endroit charmant, avec des jalousies vertes, des fleurs
et toutes sortes de choses qui conviendront à Marion.

En conséquence, plusieurs années s'envolèrent sur
la tête du jeune couple dans le petit domaine de Stanton, et le nom de leur généreux bienfaiteur se retrou-
vait dans leurs souvenirs du passé, dans leurs joies
du présent et dans leurs prières qu'on peut nommer un
élancement vers l'avenir.

Le père de Joseph avait été frappé de la magnani-
mité du bon vieillard au point de se sentir lui-même
amélioré. Au lieu de s'en aller querellant dans une perpétuelle colère tous les gens du voisinage, il finit par
se contenter de débattre contre son fils le côté opposé
de toutes les questions qui se présentaient, et comme
ce dernier était bon logicien, il trouvait là un champ
suffisamment vaste pour l'exercice de ses facultés ba-
tailleuses.

FRANCHISE.

Il y a une espèce de franchise qui part d'une âme
sans crainte et sans soupçons, et qui dénote une certaine ignorance du monde et de la vie; il en est une
autre qui est le fait d'un fort et pur esprit connaissant la vie, innocent et droit, et ayant trop bien la
conscience de sa supériorité pour avoir recours au déguisement et à la tromperie. La première semble procéder seulement de l'impulsion ; la seconde, de l'impulsion et de la réflexion réunies; la première procède,
dans une certaine mesure, de l'ignorance; la seconde,
du savoir ; la première naît d'une confiance absolue
dans les autres ; la seconde, d'une confiance vertueu-
se et bien fondée en soi-même.

On disait d'Alice H... qu'elle avait l'esprit d'un homme, le cœur d'une femme et la figure d'un ange :
combinaison que tous mes lecteurs trouveront singulièrement heureuse.

Il n'exista jamais une femme si dissemblable à la
masse de la société dans ses manières de parler et d'a-
gir, et qui pourtant fût aussi généralement aimée.
Mais ce qu'il y avait en elle de plus remarquable, c'é-
tait son fier dédain de tout déguisement dans la pensée, dans la parole et dans l'action. Elle vous plaisait,
car elle disait hautement cent choses que vous auriez
cachées, et les disait avec une assurance pleine de dignité qui vous faisait vous étonner et vous demander
pourquoi vous aviez jamais hésité à les dire vous-même. Cette disposition ne ressemblait ni à la faiblesse
d'un esprit indiscret qui ne peut rien retenir, ni à une
détermination prise de faire la guerre aux convenances
sociales. C'était plutôt une intégrité calme, bien guidée, réglée par un sens juste et droit qui lui indiquait
lorsqu'elle devait se taire, mais qui la portait, pour
peu qu'elle parlât, à dire la vérité sans nulle altéra-
tion.

Cette franchise extraordinaire trompait souvent de
superficiels observateurs en leur faisant supposer qu'ils
connaissaient entièrement son vrai caractère , comme
on dit que la transparence parfaite de quelques lacs
trompe l'œil relativement à leur profondeur: cependant
plus on la connaissait, plus la variété et l'étendue de
son caractère paraissaient à travers le même milieu
transparent.

Mais je vais vous introduire auprès de miss Alice
pendant une demi-heure de la soirée, afin que vous
puissiez la juger vous-même. Entrons dans ce petit
parloir. Là, miss Alice est assise sur un sopha, cousant
des manches de dentelle après une robe de satin, occu-

pation fort innocente dans laquelle elle devra persévérer
jusqu'à ce que nous ayons tracé une autre esquisse.

Voyez-vous cette jolie petite dame aux yeux brillans, à la taille souple, au pied fin, à la main charmante, qui est assise en face d'elle? C'est une *beauté*. La possession incontestable de ce titre est écrite sur son visage, brille dans ses yeux, est inscrit en fossettes dans
son sourire et perce à travers toute sa gracieuse enveloppe.

Cependant Alice s'est levée ; elle est allée vers le miroir, et elle arrange avec autant de goût qu'une femme peut en avoir la plus belle chevelure noire qu'il
soit possible de rencontrer. La petite dame épie chacun de ses mouvemens d'une manière aussi comique
qu'un petit chat les tourne d'une balle qu'on fait rou-
ler devant lui.

— C'est en vain que vous le niez, Alice, vous avez
réellement à cœur de paraître jolie ce soir, dit-elle.

— Certainement, répondit tranquillement Alice.

— Et vous espérez plaire à M. A. et à M. B. ? dit le
petit lutin accusateur.

— Certainement, répond Alice en roulant sur ses
doigts une boucle magnifique.

— Eh bien, Alice, à votre place, moi je ne l'avoue-
rais pas.

— Ne me le demandez donc pas.

— Je déclare... Alice...

— Et que déclarez-vous?

— Que je ne vis jamais une fille semblable à vous.

— Très probablement, dit Alice en se baissant pour
ramasser une épingle.

— Quant à moi, dit la petite dame, je ne voudrais
prendre aucune peine pour me faire aimer de quelqu'un—*surtout* d'un homme;—je ne me donnerais non
plus aucune peine si je ne pouvais me faire aimer sans
cela. Et, en vérité, Alice, je ne vous croyais pas si
avide d'admiration.

— J'aime beaucoup à être admirée, dit Alice en retournant au sopha, et je suppose que chacun l'aime
aussi.

— Je ne m'embarrasse pas de l'admiration , dit la
petite dame. Plaire ou ne pas plaire aux gens m'est
fort égal.

— Alors, cousine, il est dommage que vous nous
plaisiez tant, dit Alice avec un sourire de bonne humeur.

Si miss Alice avait de la pénétration, elle n'en faisait jamais un usage sévère.

— Mais réellement, cousine, dit la petite dame, je
n'aurais jamais cru qu'une fille comme vous s'occupât
autant de sa toilette et de l'admiration, je le répète,
qu'elle peut inspirer.

Je ne sais pas quelle sorte de fille vous pensez que je
suis, dit Alice; mais, pour moi, je ne prétends pas être
au dessus de la commune humanité, et n'ai pas honte
des communs sentimens de l'humanité. Si Dieu nous a
fait de telle sorte que nous aimons l'admiration, pourquoi ne l'avouerions-nous pas honnêtement? Je l'aime, vous l'aimez; chacun l'aime ; pourquoi chacun
n'en conviendrait-il pas?

— Eh! bien, oui, dit la dame, je conviens que chacun a une sorte d'amour général pour l'admiration. Je
reconnais que je n'en suis pas exempt, mais...

— Mais vous n'avez pas d'amour pour elle en particulier, dit Alice ; je suppose que c'est là ce que vous
voulez dire; c'est ainsi que généralement on s'accorde
sur ce sujet. Chacun reconnaît volontiers qu'en général
on désire la bonne opinion des autres, mais la moitié
du monde a honte de l'avouer, quand il s'agit d'un cas
particulier. Maintenant, je soutiens que si cela est cor-
rect en général, ce l'est aussi en particulier et je prétends en jouir des deux façons.   3

— Et pourtant, cela semble misérable ! dit la petite dame.

— Il est misérable de vivre pour cela, de se laisser absorber entièrement par l'amour-propre, mais il n'y a rien de bas ni de misérable à jouir de l'approbation des autres quand nous la méritons, ou même de la rechercher, si nous ne négligeons pas, en agissant ainsi, des intérêts d'un ordre plus élevé. Tous les sentimens que Dieu nous inspire sont dignes et purs, à moins que nous ne les pervertissions.

— Mais, Alice, je n'ai jamais entendu personne s'exprimer aussi franchement que vous le faites.

— Presque tout ce qui est innocent et naturel peut être dit ; et quant à ce qui n'est pas innocent et naturel, on ne doit pas même le penser.

— Mais peut-on donc dire tout ce qu'on peut penser ?

— Non ; nous possédons un instinct qui nous apprend à garder souvent le silence ; mais lorsque nous parlons, que ce soit avec simplicité et sincérité.

— Maintenant, Alice, par exemple , il est très innocent et très naturel , comme vous dites , de penser beaucoup de bien de nous-même , et surtout quand chacun nous adresse des complimens ; eh bien , diriez-vous la vérité si on vous interrogeait sur ce point ?

— Si c'était une personne qui fût en droit de le faire et que ce fût dans un temps et dans un lieu convenables, je le ferais, dit Alice.

— Eh bien donc , dit la jeune lady , je vous demande , Alice , dans ce temps et dans cette place , qui me paraissent fort convenables, pensez-vous que vous soyez belle ?

— Je suppose que vous vous attendez à me voir faire une révérence à chaque fauteuil de ce salon avant de répondre , dit Alice ; mais , me dispensant de cette cérémonie , je vous dirai de bonne foi : Oui , je pense que je le suis.

— Pensez-vous que vous soyez bonne ?

— Pas entièrement, dit Alice.

— Mais ne pensez-vous pas que vous êtes meilleure que beaucoup d'autres ?

— Autant que je puis dire, je me crois meilleure que beaucoup d'autres, mais réellement, cousine, je ne me fie pas à mon propre jugement sur ce point, dit Alice.

— Bien , Alice, encore une question : qui pensez-vous que James Marry préfère de vous ou de moi ?

— Je ne le sais pas, dit Alice.

— Je ne vous demandais pas ce que vous saviez, mais ce que vous pensiez, dit lady, vous devez avoir votre opinion à ce sujet.

— Eh ! bien donc, je pense qu'il me préfère, dit Alice.

A ce moment, la porte s'ouvrit et James Marry lui-même se montra. Alice rougit, parut embarrassée et se remit à l'ouvrage, tandis que sa malicieuse compagne commençait ainsi l'entretien :

— En vérité, M. James , j'aurais voulu que vous vinssiez une minute plus tôt, pour entendre la confession d'Alice.

— Qu'a-t-elle confessé ? dit James.

— Quoi ? qu'elle est plus belle et meilleure que beaucoup d'autres.

— Il n'y a rien là dont elle doive avoir honte, dit James.

— Oh ! ce n'est pas tout ; elle aime à paraître jolie, elle veut être admirée.

— Elle n'a pas de frais à faire pour être satisfaite, dit James en regardant Alice.

— Oh ! mais, outre cela, dit la perfide amie, elle a prêché un discours justificatif sur la vanité et l'amour-propre.

— Et la première fois vous prendrez de notes quand je prêcherai, dit Alice, car votre mémoire me semble remarquablement heureuse.

— Vous savez, James, continua la dénonciatrice, qu'Alice se pique de dire toujours, en parlant, l'exacte vérité, et je l'ai embarrassée par mes questions. Je voudrais que vous lui en fissiez aussi quelques-unes pour voir ce qu'elle répondrait. — Mais , miséricorde ! voici mon oncle qui vient me chercher pour monter à cheval. Il faut que je parte bien vite.

Et la petite mouche bourdonnante s'envola, laissant James et Alice *tête à tête*.

— Il y a réellement une question... dit James en rassurant sa voix.

Alice releva la tête.

— Il y a une question, Alice, à laquelle je désirerais que vous répondissiez.

Alice ne demanda pas quelle était cette question ; mais elle prit un air très solennel. A ce moment, la porte se ferma.

Je n'ai jamais su sur quel point James, l'ami d'Alice, avait besoin d'éclaircissemens.

SENSIBILITÉ.

Quelques-uns sont errans dans un rude chemin, abandonnés et opprimés; tandis que d'autres, réjouis par les rayons de la Fortune, s'égarent dans la riante région du plaisir, vêtus des couleurs de l'arc-en-ciel.

F. HEMANS.

Il y a une manière d'étudier la nature humaine qui consiste à considérer seulement les hommes comme des instrumens propres à l'accomplissement de plans individuels. Il y en a une autre qui les regarde simplement comme une galerie de tableaux exposés pour être admirés ou raillés, selon que la caricature ou le beau idéal prédomine. Une troisième manière consiste à les considérer comme des êtres humains, doués de cœurs capables de joie et de souffrance. susceptibles d'amélioration ou de corruption, comme étant liés à nous par des influences mystérieuses et réciproques, par les dangers communs de l'existence présente et les nœuds incertains de l'existence future et ayant, quelque part que nous nous rencontrions avec eux, des droits à notre sympathie et à notre assistance.

Ceux qui adoptent la dernière méthode s'intéressent aux êtres humains, non pas tant par les attractions présentes, et par égard à leurs capacités comme êtres intelligens et immortels, que par une haute idée du rang que chaque âme peut atteindre dans une existence immortelle ; par les anxiétés qu'ils éprouvent à la vue des tentations et des dangers qui menacent cette âme, et souvent même par la perception des erreurs et des fautes qui font craindre pour sa ruine. Les deux premières manières d'étudier la nature humaine sont adoptées par la masse générale de la société ; la dernière remplit l'office de ces rares étoiles clair semées dans le ciel de la vie qui brillent sur le sombre horizon de l'égoïsme général pour nous rappeler qu'il y a un monde de lumière et d'amour.

A cette classe ont appartenu quelques esprits purs et dévoués qui ont brillé sur le monde pour le réjouir, puis se sont évanouis pour se perdre dans le ciel; à cette classe plus d'un voudrait appartenir, qui a un œil pour distinguer la divinité de la vertu, sans la résolution nécessaire pour l'atteindre; qui, tout en se laissant entraîner par le courant égoïste de la société, regrette que cette société ne soit pas différente, et que lui-même surtout ne soit pas différent de ce qu'il est. Cet enchaînement de pensées a-t-il une application très directe à ce qui va suivre? Les autres jugeront mieux que moi de l'opportunité de ces réflexions.

Jetez avec moi un regard dans cette école. C'est par un chaud et lourd après-midi de juillet; il y a à peine assez d'air pour agiter les feuilles du tremble placé près de la porte, ou pour soulever les feuillets du livre de copies placé sur la fenêtre; le soleil n'a cessé de briller depuis trois heures sur ces fenêtres sans rideaux situées à l'ouest, sur ces pupitres amoncelés et confondus, sur ces bancs décrépits et chancelans, et sur ce grand fauteuil à bras, siége élevé de l'autorité.

Vous pouvez entendre autour de la porte le faible cri de quelques poulets du voisinage qui sont venus rôder par ici pour contempler les paniers à provisions et ramasser les miettes du repas de midi. Par extraordinaire, la remuante école est tranquille, parce que, en vérité, il fait trop chaud pour se remuer. Nous ne serons troublés par aucun bruit dans nos méditations, car on ne saurait entendre le battement de ces petits cœurs, ni le bourdonnement de ces pensées actives.

Maintenant, regardons autour de nous. Quel est le plus intéressant de tous ces enfans? Est-ce ce svelte et grand garçon, à l'œil fier, au regard de faucon, dont les coudes reposent sur son livre tandis qu'il contemple au dehors le tremble aux feuilles argentées et calcule comment il posera son piége à écureuils quand l'école sera finie? Ou bien ce petit démon à la tête bouclée qui s'efforce de comprimer le rire dont il est saisi en voyant un poulet s'introduire dans un des paniers? Ou est-ce ce rusé garçon au noir regard, aux fossettes profondes et malicieuses qui s'occupe méchamment à attacher un hameçon aux basques de l'habit du maître, et qui prend l'air abstrait d'un Archimède, quand le bon homme tourne la tête de son côté? Non; ceux-là sont intelligens, brillans ou beaux, ce ne sont pas ceux-là qui doivent exciter notre intérêt.

Peut-être, alors, est-ce cette petite fille endormie avec des boucles dorées et une bouche pareille à un bouton de rose entr'ouvert? Voyez! le petit dé de cuivre est tombé par terre, son ouvrage inachevé glisse sur ses genoux, ses yeux bleus sont clos comme deux violettes endormies, sa petite tête est vacillante, et elle s'appuie sur l'épaule de sa sœur; sûrement c'est elle. Eh bien! non.

Mais regardez dans ce coin: voyez-vous ce garçon à la maussade physionomie, si oisif et d'un si mauvais naturel? Il ne fait rien, et il est rare qu'il s'occupe à quelque chose. Il est sombre et chagrin dans ses regards et dans ses actions. Il n'a jamais montré plus d'aptitude pour faire quelque chose de gracieux que ses cheveux droits d'un blond presque blanc n'en montrent pour la frisure. Il est régulièrement grondé et puni chaque jour, et plus il est grondé et puni, pire il devient. Aucun des enfans de l'école ne veulent l'admettre dans leurs jeux, et quand cela leur arrive, ils en sont toujours au regret. Chaque jour le maître assure qu'il ne sait que faire de lui, et qu'il lui donne plus de peine qu'aucun autre écolier en ajoutant d'autres assertions aussi judicieuses qui tendent évidemment à provoquer une amélioration. C'est là l'enfant que j'appellerai *le plus intéressant*.

Il est intéressant parce qu'il n'est pas aimable, parce qu'il a de mauvaises habitudes, parce qu'il fait le mal, parce qu'il est toujours disposé à mal faire. Il est intéressant, parce qu'il est devenu ce qu'il est maintenant à cause de ces dispositions même qui souvent font naître les plus nobles vertus. C'est là sensibilité, l'excès d'une sensibilité mal dirigée, qui a donné cette tristesse à sa physionomie et cette perversité à son caractère.

Il n'a point de père, et sa seule amie, sa mère, est morte aussi après de longues souffrances. Cependant, il a des parens, de bons parens, et, dans le langage compâtissant de la charité mondaine, on peut dire de lui: Il n'aurait à se plaindre de rien, s'il savait se gouverner lui-même.

Sa petite sœur est toujours vive, toujours aimable et joyeuse, et ses amis disent: Pourquoi n'est-il pas ainsi? Il est exactement dans les mêmes circonstances. Eh bien! non; ils diffèrent en un point. Il a l'esprit fait de manière à ressentir et à garder souvenance de tout ce qui peut le blesser; elle ne ressent et ne se souvient que peu. Si on le gronde, il reste sombre, exaspéré, et ne peut l'oublier. Si on la gronde, elle convient aussitôt qu'elle a eu tort, et tout est fini à l'instant. Son esprit, à elle, ne saurait recevoir aucune blessure, pas plus que le petit ruisseau au bord duquel elle aime à jouer. Qu'on y laisse tomber une pierre, l'eau vive se referme aussitôt, et sourit et babille aussi joyeusement qu'auparavant.

Quelle est la plus désirable de ces deux natures? Ce serait difficile à dire. La puissance de la sensibilité est nécessaire à tout ce qu'il y a de noble dans l'homme, et cependant elle l'expose aux plus grands dangers. Ceux qui poursuivent le bonheur à la brillante surface des choses s'en peuvent approprier avec certitude une portion, quelle qu'elle soit; ceux qui plongent pour le saisir dans les profondeurs de la sensibilité rapporteront, s'ils réussissent, des perles et des diamans; mais s'ils échouent, ils sont perdus à jamais!

Arrivons au samedi lorsque l'école vient de finir. Quelqu'un de mes lecteurs ne se rappelle-t-il pas la ravissante perspective d'une longue, brillante après dînée de samedi? « Où allez-vous? viendrez-vous nous voir? Nous allons à la pêche. Partons pour cueillir des framboises. » Et tant d'autres phrases prononcées avec l'accent de la joie qui se font entendre parmi les groupes heureux. Mais personne ne s'approche du maussade James, et la petite troupe qui va rendre visite à sa sœur voudrait que James fût bien loin. Il voit tous les mouvemens, entend tous les chuchottemens, reconnaît, devine, ressent tout et s'en retourne au logis plus triste et plus maussade qu'à l'ordinaire. Le monde entier lui paraît sombre, car personne au monde ne l'aime et chacun lui dit que c'est sa faute, ce qui le rend encore plus malheureux.

Quand la petite société arrive, il est soupçonneux, irritable, et, par conséquent, bientôt excommunié. Alors, tandis qu'il reste plongé dans une sourde colère, regardant par dessus la haie du jardin, le groupe joyeux formant des chaînes et des danses et s'exerçant, sous les grands arbres, à toutes sortes de jeux enfantins, il se demande pourquoi il n'est pas semblable aux autres enfans. Il voudrait être différent et pourtant il ne sait comment faire. Il regarde autour de lui, tout est riant et florissant. Son petit parterre de fleurs est même plus brillant et plus joli que jamais, et une nouvelle rose vient de s'épanouir sur son rosier.

Voilà aussi le jeune chat qui court et s'enfuit, poursuivi par la petite Ellen, parmi les allées et les fleurs; et les oiseaux chantent dans les arbres, et les doux zéphyrs en lui apportant de suaves odeurs, inclinent vers ses joues les tiges des pois fleuris qui semblent venir le caresser, et quoique toute la nature l'entoure de ses maternelles et bienfaisantes influences; cependant il est malheureux.

Changeons maintenant le lieu et l'époque de la scène. Pourquoi cette nombreuse assemblée est-elle si recueillie et si attentive? Qui écoute-t-on? C'est notre ancien ami, le triste et petit écolier. Son œil brille d'intelligence, son visage est transfiguré par l'émotion, sa voix résonne comme une musique, tous les esprits sont enchaînés.

C'est encore par une splendide journée de soleil , et voici que l'enthousiasme l'aborde face à face , comme un ami. Il est muet.:. transporté... heureux. Il sent la poésie que Dieu a écrite , elle le pénètre et se révèle à lui , il en est touché comme Dieu a voulu que le fussent les cœurs sensibles.

Le voici , maintenant, veillant près du lit d'un malade. Quelle bénédiction d'avoir un pareil gardien ! Il prévient tous les besoins, il secourt, non d'une manière froide et indifférente , mais avec les promptes perceptions, la tendresse et la grâce d'un ange.

Suivons-le dans la sphère de l'amitié. Pourquoi est-il si aimé ? Pourquoi inspire-t-il tant de confiance ? Pourquoi lui dites-vous si facilement ce que vous ne pouvez dire à nul autre ? Pourquoi tous ceux qui l'entourent sentent-ils qu'il comprend, qu'il apprécie, qu'il est touché par tout ce qui les touche ?

Et quand le ciel ouvrira ses portes de lumière, quand toute sa science, sa pureté, sa félicité, se feront voir aux yeux et passeront dans l'âme, qui donc alors sera le plus digne d'envie, de celui qui est sensible ou de celui qui ne l'est pas ?

LA LINGÈRE.

> Peu de gens, excepté les pauvres, sont sensibles aux souffrances des pauvres. Les riches ignorent combien il est dur d'être privé de la nourriture nécessaire et du nécessaire repos.
>
> Leurs sentiers sont des sentiers d'abondance ; ils dorment sur la soie et le duvet ; ils ne pensent jamais avec quelle douleur s'endort la tête fatiguée.
>
> Ils ne viennent jamais à leur fenêtre pour voir passer les heureux sans reprendre aussitôt leur tâche pénible avec l'expression du chagrin.   L. E. L.

Les souffrances de la pauvreté ne sont pas seulement le partage du mendiant sale, repoussant, endurci à la misère comme à la honte, et exploitant la charité. Il y a une classe d'êtres en qui la dignité et le respect de soi-même l'emportent sur l'horreur des privations matérielles; sur ceux-là pèsent plus lourdement les souffrances de la pauvreté; ceux-là se débattent en silence contre les rigueurs de leur sort, endurant tout, espérant toujours, et décidés à tout supporter plutôt que de laisser échapper un mot de plainte, ni de reconnaître, même vis-à-vis d'eux-mêmes, que leurs efforts ne suffisent pas à leurs besoins.

Arrêtez-vous un peu avec moi à la porte de cette petite chambre dont l'étroite fenêtre donne sur une petite cour où jamais le soleil ne pénètre. Cette chambre est habitée par une veuve et sa fille vivant entièrement du travail de leur aiguille et de ces légères et précaires ressources qui sont tout ce qui reste à la femme quand elle reste seule à lutter dans ce monde de glace. Là se trouve tout ce qu'elles possèdent au monde, et chacun des objets composant ce pauvre mobilier a été l'objet d'un long désir, d'un long travail, et son prix a été calculé, débattu bien des fois avant que l'acquisition en pût être faite. Aussi est-il arrangé avec un ordre et une propreté remarquables, et le dispendieux mobilier d'un salon fashionable n'est pas plus soigneusement mis à l'abri d'un frottement ou d'une égratignure que ne le sont ce bureau au brillant vernis, ce bois de lit, cette table à thé en merisier.

Le plancher pouvait se vanter d'avoir été jadis recouvert d'un tapis ; mais le vieux temps s'est amusé à y faire un trou par-ci, un trou par-là ; et, quoique le vieillard actif ait été suivi à la trace par le plus infatigable zèle de réparation, les marques de ses doigts destructeurs sont trop visibles pour être méconnues. Et cependant, un complaisant voisin a donné un morceau de drap fané qui , proprement ajusté et cousu , a caché les usures du devant de cheminée. D'autres endroits ont même été raccommodés avec des pièces de différentes couleurs ; mais , malgré tant de soins, il est bien évident que le pauvre tapis ne peut aller longtemps encore.

Toute chose est ici présentée sous son meilleur aspect. Le petit dressoir placé dans un coin et contenant quelques tasses de porcelaine et une ou deux antiques cuillères d'argent, reliques de meilleurs jours, est arrangé avec une propreté jalouse; le rideau de la fenêtre, bien que la mousseline en soit vieillie, a été soigneusement blanchi, empesé et bien doucement repassé, puis placé avec une exacte précision ; sur le bureau couvert de linge blanc comme de la neige, sont rangés quelques livres avec d'autres souvenirs du temps passé et une miniature décolorée qui, bien que peu intéressante pour un étranger, est plus précieuse que tout au monde pour la pauvre veuve.

Mme Ames est assise dans son fauteuil à roulettes, soutenue par un oreiller, et occupée à tailler de l'ouvrage, tandis qu'une jeune fille pâle, chétive, à l'air languissant, placée auprès de la fenêtre, s'applique à coudre sans aucune distraction.

Mme Ames fut autrefois la femme d'un honorable commerçant et la mère d'une famille nombreuse. Mais l'infortune s'était attachée à elle avec une tenacité qui eût pu être prise, par une âme moins religieuse que la sienne, pour le sévère arrêt de quelque destin ennemi, plutôt que pour les épreuves ordinaires d'une miséricordieuse Providence. D'abord, arriva la ruine de sa fortune ; puis de longues et coûteuses maladies fondirent sur la triste maison et y causèrent la mort de plusieurs enfans. Bientôt il fallut vendre la belle maison et l'élégant mobilier, pour adopter une vie humble et retirée; puis, finalement, les derniers restes de ce qu'elle possédait furent vendus, et il fallut quitter le pays natal pour aller recommencer la vie sur d'autres bords. A peine la famille exilée touchait-elle le port d'une terre étrangère, que le père fut subitement frappé par la main de la mort et sa tombe fut creusée loin de sa patrie. La veuve, le cœur brisé, découragé, avait encore à faire un long et fatigant voyage avant d'arriver à un lieu où elle pût trouver quelque accueil amical. Accompagnée de ses deux filles, n'ayant près d'elle nul serviteur, ses finances presqu'épuisées par le long séjour et les frais qu'avait occasionnés la maladie de son mari, elle continua sa triste route.

Arrivée au lieu de sa destination, elle se trouva non seulement sans ressources immédiates, mais considérablement endettée envers quelqu'un qui lui avait avancé de l'argent pour ses dépenses de voyage. Avec une résignation silencieuse, elle envisagea les nécessités de sa position. Ses filles, délicatement et soigneusement élevées, furent cependant mises en service, et Mme Ames chercha à se placer comme bonne d'enfant. La plus jeune fille tomba malade; les faibles gages de la mère furent bientôt absorbés par les frais de la maladie, et, quoiqu'il parvînt à la tirer d'un danger immédiat, le médecin déclara que le mal dont elle était atteinte lui paraissait inguérissable et devait amener, dans un temps plus ou moins éloigné, la fin de sa vie.

Aussitôt que sa fille fut suffisamment remise pour n'avoir plus besoin de ses soins constans, Mme Ames reprit son laborieux emploi. A peine était-elle parvenue, grâce à lui, à s'acquitter des dettes contractées pour son voyage et à meubler la petite chambre que nous avons dépeinte, que la main de la souffrance retomba pesamment sur elle-même. Trop résolue et trop persévérante pour ne pas chercher à combattre les premières atteintes de la souffrance et de la faiblesse, elle continua son fatigant labeur jusqu'à la complète prostration de ses forces. Ainsi lui fût enlevée toute possibilité de s'occuper désormais de tout autre travail que de celui de l'aiguille... Voilà pourquoi nous les trouvons, elle et sa fille, si activement occupées à l'époque où commence ce récit.

Mme Ames est levée, pour la première fois, depuis huit jours, et encore se sent-elle à peine capable de se tenir assise; mais elle se rappelle que la fin du mois approche, et qu'il va falloir bientôt payer son loyer; aussi, nonobstant sa faiblesse, elle veut faire tous ses efforts pour remplir ses engagemens avec une scrupuleuse exactitude.

Fatiguée enfin de tailler, de mesurer, de tirer des fils, elle se renverse dans son fauteuil, et son regard tombe sur le pâle visage de sa fille qui, depuis deux heures, travaille assiduement.

— Ellen, mon enfant, votre tête est malade; quittez un peu votre ouvrage,

— Oh! non, je ne souffre pas beaucoup, dit-elle, sentant trop bien qu'elle doit paraître fatiguée à l'œil pénétrant d'une mère.

Pauvre fille! si elle fût restée dans la situation où elle est née, elle irait sautant et riant avec de jeunes compagnes, et jouissant enfin de la vie comme toutes les filles de quinze ans; mais maintenant elle n'a pas le choix de ses occupations, elle n'a pas de jeunes compagnes, elle ne reçoit ni ne rend aucune visite, pas de gaies promenades en plein air! Soir et matin se passent de même. Le mal de tête ou le mal de côté fait-il souffrir la pauvre enfant, il faut qu'elle poursuive sa tâche invariable. — Quelle triste existence pour une fille de quinze ans!

Mais regardez, la porte s'ouvre et le visage de Mme Ames s'éclaircit à la vue de sa fille aimée. Mary est domestique dans une famille du voisinage, où sa probité, sa douceur la font considérer plutôt comme une fille, comme une sœur, que comme une servante.

—Voici, mère, l'argent de votre loyer, s'écrie-t-elle; ainsi laissez là votre ouvrage et reposez-vous un peu. Je pourrai gagner assez pour le payer encore à la fin du mois prochain.

—Chère enfant! Je voudrais te voir penser à gagner aussi pour toi-même, dit Mme Ames; je ne puis consentir à absorber tout le produit de ton travail et de celui d'Ellen, comme j'ai fait dernièrement; il faut que tu aies une nouvelle robe ce printemps, et ce chapeau que tu portes ne saurait aller plus longtemps.

— Ne vous inquiétez pas, mère, j'ai arrangé ma jupe de calicot bleu, et vous serez surprise de voir combien elle a bon air; et ma meilleure robe, quand elle sera lavée et racommodée, ira encore quelque temps. Et puis, Mme Grant m'a donné un ruban, et quand mon chapeau sera blanchi et refait, ce ruban le rendra très joli. Aussi, ajouta-t-elle, je vous apporte du vin; vous savez que le docteur vous l'a ordonné.

— Chère enfant! combien je voudrais voir employer à tes propres besoins l'argent que tu gagnes!

— Mon premier besoin, mère, est de vous assister dans les vôtres. J'ai plus besoin de vous voir heureuse et bien portante que de porter les plus beaux habits du monde.

Deux mois après ce dialogue, nous trouvons la petite famille encore plus gênée et plus triste. Mme Ames a été confinée par la maladie et la plus grande part du temps et des forces d'Ellen a été occupée à la servir.

La pauvre fille ne peut faire une grande quantité d'ouvrage dans les intervalles qui lui restent et les gages de Mary n'ont pas seulement été dépensés aussitôt qu'ils étaient gagnés, mais elle a anticipé de deux mois sur ce qu'elle devait recevoir.

Mme Ames s'était trouvée mieux pendant un jour ou deux, et elle était assise, épuisant toutes ses forces à finir une commande qu'on lui avait adressée.

— L'argent de ceci paiera juste notre loyer, dit-elle en soupirant, et si nous en pouvons faire un peu plus cette semaine.

— Chère mère, vous êtes si fatiguée, dit Ellen, recouchez-vous et ne travaillez pas davantage jusqu'à ce que je sois rentrée.

Ellen sortit et marcha jusqu'à ce qu'elle fût arrivée à la porte d'une maison élégante où des rideaux de mousseline et de damas indiquaient une fashionable résidence.

Mme Elmore était assise dans son salon, splendidement meublé; autour d'elle étaient des chiffons, une foule d'articles de fantaisie que deux jeunes filles s'occupaient à déployer devant elle.

— Quelle jolie écharpe découpée, dit l'une d'elles en jetant la gaze légère sur ses épaules et se regardant au miroir, tandis que l'autre s'écriait:

— Regardez donc, mère, ces beaux mouchoirs de poche! Quelle élégante dentelle!

— Eh bien! mes filles, ces mouchoirs sont de honteux échantillons d'extravagance! Je m'étonne que vous insistiez pour obtenir des choses semblables.

— Mais, maman, chacun en a de pareils maintenant; Laura Seymour en a une demi-douzaine, qui coûtent plus cher que celui-ci, et son père n'est pas si riche que le nôtre.

— Riche ou peu riche, il n'y a pas grande différence, dit Mme Elmore. Nous avons moitié moins d'argent à mettre de côté que quand nous étions dans la petite maison de Spring-street. En meublant celle que nous habitons maintenant, en achetant tout ce que vous, jeunes filles et jeunes garçons, désirez avoir, nous sommes plus pauvres que nous n'avons jamais été.

— Madame, dit la servante, voici la fille de mistress Ames qui apporte de l'ouvrage.

— Faites-la entrer, dit Mme Elmore.

Ellen entra timidement et présenta son travail à mistress Elmore, qui, d'abord, examina le tout avec un soin minutieux; car elle se vantait d'être très recherchée dans la confection de son linge. Mais quoique l'ouvrage eût été exécuté par des mains débiles et des yeux malades, mistress Elmore elle-même n'y put trouver aucun défaut.

— C'est très bien fait, dit-elle, combien demande votre mère?

Ellen lui remit une note soigneusement pliée qu'elle avait écrite pour sa mère.

— Je dois dire que je trouve les prix de votre mère très élevés, dit Mme Elmore en examinant sa bourse presque vide, tout devient aujourd'hui si cher, qu'on ne sait comment faire pour vivre.

Ellen regarda les articles de fantaisie, puis tout l'ameublement somptueux qui l'entourait, d'un air de naïf étonnement.

—Ah! dit mistress Elmore, vous paraissez penser que des personnes dans notre position n'ont pas besoin d'économie; mais, pour moi, j'en sens le besoin de plus en plus chaque jour.

En parlant ainsi, elle donnait à Ellen la petite somme qui, bien qu'elle ne se montât pas au quart de la valeur d'un des mouchoirs de poche, était tout ce que sa mère et elle pouvaient réclamer dans le monde.

— Dites à votre mère, continua mistress Elmore, que

je trouve son ouvrage très bien fait, mais que je ne m'adresserai plus à elle si je puis trouver quelqu'un qui travaille à meilleur marché.

Et, maintenant, n'allez pas croire que mistress Elmore fût une femme insensible et dure. Si Ellen fût venue à elle en mendiant sa pitié en faveur de sa mère malade, mistress Elmore aurait rempli un panier de provisions, lui aurait envoyé une bouteille de vin, un paquet de vieux habits ; mais la vue d'une facture réveillait toujours en elle l'âpre instinct du trafic qu'elle devait à son éducation première. Elle n'avait jamais compris qu'elle dût payer à personne rien de plus que ce qu'elle était strictement forcée de payer ; elle se croyait même obligée, comme la dispensatrice des deniers du ménage, à défendre les intérêts de la communauté contre tout fournisseur ou ouvrier, et à leur faire leur part aussi juste que possible. Quand elle et ses filles vivaient dans Spring-street, dans cette petite demeure à laquelle mistress Elmore avait fait allusion, elles passaient ordinairement la plus grande partie de leur temps au logis, et tout le linge de la famille était ordinairement fait par elles. Mais depuis qu'elles étaient venues habiter une vaste maison, qu'elles avaient pris voiture et visaient à tenir un certain rang dans le monde, les jeunes filles trouvèrent qu'elles avaient mieux à faire que de s'occuper de couture pour elles, et moins encore pour leur père et leurs frères. Quant à leur mère, elle trouvait plus d'occupation qu'il ne lui en fallait dans l'inspection de son spacieux hôtel, dans le soin de son luxueux mobilier et dans la surveillance de ses nombreux domestiques. La couture fut donc laissée de côté et mistress Elmore regarda comme un devoir de la faire confectionner au meilleur marché possible. Néanmoins mistress Elmore était une dame trop notable, et ses enfans étaient tous trop difficiles, quant à la façon et à la qualité de leurs vêtemens, pour admettre l'idée d'en porter quelqu'un qui ne fût pas conditionné de la manière la plus parfaite.

Mistress Elmore ne s'était jamais accusée de manquer de charité pour les pauvres, mais elle n'avait jamais considéré que la meilleure classe des pauvres se compose de ceux qui ne demandent pas la charité. Elle ne réfléchissait pas qu'en payant libéralement ceux qui s'efforcent honnêtement de se suffire à eux-mêmes, elle faisait réellement une plus grande charité qu'en donnant indistinctement à une douzaine de supplians.

— Croiriez-vous, mère, que la dame chez qui vous m'avez envoyée a dit que vous preniez trop cher pour cet ouvrage ? dit Ellen quand elle revint au logis. Elle ne savait sûrement pas combien de temps nous avons passé à faire ces chemises. Elle dit qu'elle ne nous donnera pas d'autre ouvrage.

— Ne te tourmente pas, enfant, reprit la mère avec douceur ; voici du travail qu'une autre personne nous envoie et, quand nous l'aurons achevé, nous aurons assez pour payer notre loyer et quelque chose de plus pour acheter du pain.

Nous n'arrêterons pas l'esprit de nos lecteurs sur tous les procédés de coupe, d'assemblage et de couture nécessaires à la confection de six belles chemises. Qu'il nous suffise de dire que le samedi soir toutes étaient finies excepté une, et Ellen s'empressa de les porter en promettant de rendre celle qui restait le mardi suivant. La dame examina l'ouvrage et en donna le prix à Ellen ; mais le mardi, quand l'enfant revint, elle était de fort mauvaise humeur. En examinant les chemises il lui avait semblé qu'on avait manqué en quelque chose de suivre ses indications et tout son déplaisir tomba sur Ellen.

— Pourquoi n'avez-vous pas suivi mes instructions dans la façon de ces chemises ? lui dit-elle avec aigreur.

— Nous l'avons fait, reprit Ellen avec douceur ; ma mère a pris exactement la mesure du patron et les a taillées elle-même.

— Il faut donc que votre mère soit une sotte pour faire un semblable travail. Vous allez remporter cela et faire les changemens que je vous indique.

Peu habituée à un si sévère langage, la pauvre Ellen, toute effrayée, reprit son ouvrage et s'en retourna lentement.

— Oh ! que ma tête me fait souffrir, se disait-elle, et ma pauvre mère qui disait ce matin qu'elle craignait un retour de sa maladie ! Faut-il que nous ayons tout cela à découdre et à refaire en entier !

— Voyez, mère, dit-elle d'un air désolé en entrant dans la chambre, mistress Rudd veut que nous décousions tous les jabots, que nous démontions tous les cols pour les faire d'une autre manière. Elle dit qu'ils ne sont pas semblables au patron ; mais elle se trompe, car voici ce patron, et il suffit de le regarder pour s'assurer que notre ouvrage est tout à fait pareil.

— Eh bien ! mon enfant, reportez ce patron pour le montrer à cette dame.

— En vérité, mère, elle m'a parlé si rudement et m'a regardée d'un tel air que je ne me sens pas la force d'y retourner.

— J'irai pour vous, alors, dit la bonne Maria Stephens, qui était assise auprès de Mme Ames lorsque Ellen était entrée. Je vais prendre ce patron et ces chemises et dire à cette dame l'exacte vérité ; oh ! je n'ai pas peur d'elle, moi !

Maria Stephens était une jeune fille gaie, résolue, toujours prête à venir en aide à ses voisins dans l'embarras. Elle partit donc pour remplir la mission dont elle s'était chargée.

Mais la pauvre mistress Ames, malgré sa résignation et sa philosophie, et malgré le soin qu'elle mettait à rassurer et à fortifier l'âme d'Ellen, se sentit le cœur déchiré de la dureté que le monde faisait peser sur elle. Des larmes amères jaillirent de ses yeux en dépit de ses efforts pour les contenir, tandis qu'elle était tristement assise, les regards fixés sur la petite miniature effacée dont nous avons déjà fait mention.

— Quand il était vivant, je n'ai jamais connu la misère ni l'abandon, pensa-t-elle, et combien de pauvres veuves ont eu la même pensée !

La pauvre mistress Ames fut confinée dans son lit pendant toute cette semaine.

Le docteur défendit absolument qu'elle s'occupât d'aucun travail et prescrivit une tranquillité complète. Ordonnance très facile à suivre, en vérité, avec le bien-être que procure l'aisance, mais difficile à observer au milieu de la pauvreté et du besoin.

Que de peines la bonne et dévouée Ellen prit cette semaine, pour soulager sa mère ; que de fois elle répondit à ses questions inquiètes, qu'elle se portait bien et que son mal était moins grand, ou d'autres réponses évasives par lesquelles l'enfant essayait de se faire croire à elle-même qu'elle disait la vérité. Tandis que sa mère dormait, soit dans le jour ou dans la soirée, elle achevait une ou deux pièces d'ouvrage facile, sur le prix desquelles elle comptait pour surprendre sa mère.

Un soir, Ellen alla porter son ouvrage qu'elle venait de finir à la demeure élégante de mistress Page.

— Je vais recevoir pour ceci, se disait-elle, de quoi payer les médicamens de ma mère.

— Cet ouvrage est fait très proprement, dit mistress Page, et en voici d'autre que je vous prie de faire de la même manière.

Ellen la regarda vivement ; elle espérait que mistress Page allait lui payer le travail qu'elle rapportait ; mais la dame cherchait seulement dans un tiroir un patron qu'elle mit entre les mains d'Ellen, et après lui avoir expliqué comment elle voulait que son ouvrage fût fait, elle la renvoya sans lui dire un mot du paiement tant désiré.

La pauvre Ellen essaya deux ou trois fois, tout en s'éloignant, de se retourner pour aller le réclamer, mais avant qu'elle eût décidé quelles paroles elle emploierait pour cette demande, elle se trouva dans la rue.

Mistress Page était une aimable femme, au cœur excellent ; mais elle était si accoutumée à compter l'argent par grosses sommes qu'elle ne se rendait pas compte de quelle utilité quelques pièces de monnaie pouvaient être pour d'autres personnes. Aussi quand Ellen eut travaillé sans relâche au dernier ouvrage qu'elle lui avait mis entre les mains afin de recevoir le paiement du tout, elle fut encore désappointée.

— Je vous enverrai de l'argent demain, dit-elle, quand Ellen, à la fin, trouva le courage de le lui demander. Mais le lendemain arriva, et Ellen fut oubliée, et ce ne fut qu'après une ou deux autres demandes que la somme fut enfin payée.

Mais ces esquisses paraissent peut-être trop longues, hâtons-nous de les terminer.

Mistress Ames trouva des amis généreux capables d'apprécier et d'honorer l'intégrité de ses principes, l'élévation de son caractère, et grâce à leur assistance elle atteignit des jours plus prospères ; elle et la délicate Ellen et Mary au cœur chaleureux se réunirent enfin chez elles au coin du doux foyer de la famille et jouirent d'un modeste bien-être que la simplicité de leurs goûts et les rudes épreuves qu'elles avaient traversées rendirent presqu'aussi doux que leur ancienne prospérité.

Grâce aux soins et au repos qu'elles purent prendre, enfin, la santé d'Ellen et celle de sa mère se rétablirent complètement ; elles ont, jusqu'à ce jour, vécu ensemble. Quant à Mary, ses vertus et son aimable caractère ont attaché à elle un jeune négociant qui bénit, chaque jour, le ciel de la lui avoir donnée pour compagne.

Nous avons donné ces esquisses tirées de la vie réelle, parce que nous pensons que ceux qui font travailler, ont, en général, trop peu de considération pour ceux qui se trouvent dans la situation de la veuve dont nous avons parlé. La dispensation du travail est une branche de charité très importante en cela qu'elle vient en aide à cette classe de pauvres qui sont les plus méritans. Elle doit être considérée à ce point de vue et les arrangemens d'une famille doivent être pris de telle sorte qu'une rétribution convenable et un prompt paiement soient accordés à ceux qui vivent de leur travail, sans craindre de transgresser les règles de l'économie.

Il vaut mieux habituer nos filles à se passer d'ornemens coûteux et de chiffons à la mode ; il vaut mieux nous refuser à nous-mêmes le plaisir de faire des dons généreux ou des souscriptions directes aux charités publiques que de rogner le mince salaire de celles dont la chandelle ne s'éteint pas la nuit, et qui n'ont que le faible travail de l'aiguille pour soutenir leur existence et celle des chers enfans qui n'ont qu'elles pour appui.

AUGUSTA HOWARD.

> Active dans l'action, pure et fervente d'esprit, assurée contre les maux de la vie par la constance qui assure le succès et par le pressentiment du bonheur futur.
> AMON.

— Ainsi, vous refusez de signer ce papier ? disait Alfred Melton à son cousin, élégant et beau jeune homme qui flânait et se promenait avec nonchalance autour de la table ronde placée au milieu du salon.

— Je refuse, en vérité. Qu'ai-je à démêler avec ces vulgaires contrats de tempérance ?

— Allons, allons, cousin Melton, dit une belle fille à l'œil noir qui, assise sur un sopha, assistait à cet entretien, cessez, je vous prie, d'endoctriner Edouard. Vous voyez bien, comme dit Falstaff, « qu'il est un peu meilleur qu'un des méchans. » Ne dépensez donc pas vainement auprès de lui tant de solides argumens en faveur de la tempérance.

— Sérieusement, Melton, mon bon garçon, reprit Edouard, cet engagement, cette signature et ce sceau que vous me demandez sont parfaitement inutiles. Mes habitudes passées et présentes, ma position dans le monde, enfin mon caractère et mes goûts s'élèvent contre la supposition que jamais je puisse devenir l'esclave d'un vice aussi avilissant ; et prendre l'engagement de l'éviter me semble non seulement inutile, mais implicitement dégradant. Quant à ce que vous dites de mon influence, j'incline vers cette opinion que si chacun veut veiller sur lui-même, chacun sera considéré. Cette moderne façon d'établir une responsabilité, une solidarité commune entre tous les individus de la société, est une méthode que je ne suis nullement disposé à adopter, d'abord parce que je sais que c'est une doctrine gênante, et secondement, parce que je doute que ce soit une doctrine vraie. Pour ces deux raisons, je décline tout ce qui aurait pour but de me faire étendre mon patronage.

— Eh bien ! s'écria la jeune fille, vous possédez, messieurs, à un degré peu commun le don de la persévérance et des redites. Vous avez débattu ce sujet en tous sens depuis si longtemps que me voici près d'en périr d'ennui. Pour en finir, je vais prendre l'affaire en mains, je signerai pour le compte d'Edouard un engagement de tempérance et veillerai à ce qu'il ne se laisse pas aller à ces funestes entraînemens dans la description desquels vous venez d'être si pathétique.

— J'ose dire, répliqua Melton en contemplant le beau visage de la jeune fille avec une admiration évidente, que vous serez le meilleur gage de tempérance qu'il puisse avoir. Mais tout homme, cousine, ne saurait être aussi heureux.

— Eh bien ! Melton, reprit Edouard, en voyant ce qui assure la continuation de mes bonnes habitudes, vous comprenez qu'il vaut mieux porter votre logique et votre éloquence à quelque pauvre garçon moins favorisé.

Ainsi finit la conférence.

— Quel excellent garçon, quel cœur noble et désintéressé que ce Melton ! dit Edouard, après qu'il fut parti.

— Oui, aussi bon que la journée est longue, dit Augusta, mais fort prosaïque, après tout ! Cette ennuyeuse affaire de tempérance, on n'en entend jamais la fin ! Papiers de tempérance... traités de tempérance... hôtels de tempérance... et toujours ce mot de tempérance qu'aujourd'hui l'on applique à tout, jusqu'à faire des mouchoirs de tempérance pour les petits garçons ! En vérité, le monde est devenu prodigieusement intempérant dans son amour de tempérance !

— Quant à moi, Augusta, grâce à la sécurité que vous avez offerte, je n'ai nulle tentation à craindre.

Bien qu'il n'y eût rien de particulier dans ces paroles, cependant elles furent prononcées avec une certaine chaleur qui fit rougir Augusta et redoubla son assiduité au travail dont elle s'occupait.

Partant de là, Edouard fit de sentimentales réflexions sur les anges gardiens et autres du même genre qui, bien qu'elles n'offrissent rien de plus nouveau qu'un discours sur l'intempérance, semblaient toujours avoir une fraîcheur particulière pour des jeunes gens placés dans de certaines circonstances. Dans le fait, avant qu'une heure se fût écoulée, Edouard et Augusta avaient oublié leur point de départ et voyagé bien loin dans le pays des projets et des songes dorés ouvert aux jeunes amans avant qu'ils aient goûté du fruit de l'arbre d'expérience et acquis la fatale connaissance du bien et du mal.

Mais ici, interrompant un instant notre esquisse, reculons-nous pour faire mieux saisir à notre lecteur l'ensemble et la perspective du tableau entier.

Edouard Howard était un jeune homme que ses talens brillans et ses manières séduisantes avaient placé en tête de la société dont il faisait partie. Quoique sans fortune et dépourvu de cet appui que donnent de considérables rapports de famille, il était devenu l'oracle des cercles où ces avantages sont le plus appréciés, et il n'y avait aucune de leurs immunités, aucun de leurs priviléges qui ne fussent entièrement à sa disposition.

Pour Augusta Elmore, elle était remarquable en tout ce qui tient aux grâces et aux perfections de la femme. Elle était orpheline et accoutumée dès son âge le plus tendre à la jouissance libre et sans contrôle d'une fortune indépendante. Cette circonstance ajoutait sans doute à la magie de ses grâces personnelles en lui procurant cette déférence flatteuse que la beauté et la richesse sont toujours sûres d'obtenir.

Ses facultés intellectuelles étaient naturellement supérieures, quoique, faute de but, elles n'eussent reçu aucun développement, excepté ceux qui devaient lui assurer des succès dans le monde. Un bon sens naturel, avec une grande puissance de sentiment et d'indépendance d'esprit, l'avaient empêchée de devenir vaine et frivole. Elle était plus naturellement destinée à conduire les autres et à exercer autour d'elle une influence, qu'à être influencée et conduite par autrui. De là, bien qu'elle ne fût dominée par aucun sentiment habituel de responsabilité morale, la tendance de son caractère semblait en tout plus élevée que le commun de la société fashionable.

L'attente générale avait uni la destinée de deux personnes qui semblaient en tout faites l'une pour l'autre, et, pour cette fois, l'attente générale ne fut point trompée. Quelques mois après la conversation que nous venons de rapporter, se célébrèrent les fêtes et furent adressées les félicitations au sujet de leur brillant et heureux mariage.

Jamais deux jeunes amans ne commencèrent la vie sous de plus heureux auspices.

— Qu'ils se conviennent bien ! quel beau couple ! s'écriaient toutes les commères.

— Ils semblent faits l'un pour l'autre, disait-on de toutes parts, et ainsi pensaient les heureux amans eux-mêmes.

L'amour qui, chez les personnes d'un caractère énergique, est toujours un principe d'action et de modération tout à la fois, les avait rendus réfléchis et rai-

sonnables, et lorsqu'ils s'occupaient de projets d'avenir leurs plans et leurs idées étaient aussi sensés que le peuvent être des plans entièrement formés en vue de cette vie, sans aucun égard à la vie future.

Pendant quelque temps, leur attachement mutuel qui les absorbait entièrement tendit à les préserver des tentations et des entraînemens du monde, et plus d'une longue soirée d'hiver se passa délicieusement dans l'élégante tranquillité du logis, tandis qu'ils lisaient, chantaient, parlaient du passé et songeaient à l'avenir dans la société l'un de l'autre. Mais quelque contradictoire que cela puisse paraître à toutes les théories des sentimentalistes, il est néanmoins certain que deux personnes ne peuvent trouver toujours une distraction suffisante dans leur seul entretien, et cela est surtout vrai de ceux pour lesquels l'habitude de vives et fréquentes distractions est devenue une nécessité de leur vie.

Au bout de quelque temps, les jeunes mariés, quoique n'ayant pas moins d'amour, commencèrent à répondre aux nombreuses invitations qui les rappelaient dans la société, et l'orgueil qu'ils plaçaient l'un dans l'autre ajouta un goût tout nouveau à leur rentrée dans le monde.

Tandis que des regards d'admiration suivaient les gracieux mouvemens de la charmante femme, et qu'un tribut de chuchottemens approbatifs circulait dans le cercle où elle paraissait, Edouard éprouvait un orgueil bien supérieur à celui qu'eussent jamais fait naître toutes les louanges à lui adressées. Quant à Augusta, quand on lui parlait des talens qui rendaient son mari le plus aimable des convives et qu'on louait devant elle l'humeur joviale et plaisante qui le faisait rechercher partout, elle ne pouvait résister à la tentation de l'engager à aller dans le monde plus souvent même que, de son propre mouvement, elle n'eût voulu l'y solliciter.

Hélas ! aucun d'eux ne connaissait les périls d'une excitation continuelle, ni ne supposait qu'en se déshabituant ainsi des purs et simples plaisirs de l'intérieur, ils risquaient tout leur capital de bonheur. C'est en obéissant aux premiers désirs qui nous poussent vers des stimulans extraordinaires que réside le premier et le plus grand danger de la paix domestique. Que ce stimulant soit corporel ou intellectuel, ses effets n'en sont pas moins à craindre.

L'homme ou la femme auquel une excitation habituelle de quelque espèce que ce soit, est devenue essentielle, a fait le premier pas vers sa ruine. Pour la femme, il conduit au mécontentement, à la tristesse et au dégoût des tranquilles devoirs de la vie domestique ; pour l'homme, il conduit presque invariablement aux stimulans matériels qui doivent ruiner à la longue toutes les facultés du corps et de l'esprit.

Augusta, passionnément confiante dans la vertu de son mari, ne vit aucun danger dans le constant enchaînement d'invitations qui, graduellement, divertissaient son attention des soins plus graves des affaires, de la poursuite de l'amélioration de soi-même et de l'amour de sa jeune femme. Déjà il existait dans son horizon un nuage « aussi gros que la main d'un homme, » nuage précurseur de l'ombre et des tempêtes futures ; mais, trop confiante et trop légère, elle ne sut pas le voir à temps.

Ce ne fut que quand les soins et les devoirs de la maternité la confinèrent au logis qu'elle sentit, pour la première fois, avec une saisissante sensation de peur, qu'il existait dans son mari un changement, quoique ce changement fût alors si vague qu'il n'eût pu être défini pas des paroles. Il n'était perceptible que pour ce sens prompt, subtil et prophétique qui révèle au cœur de la femme la première variation dans le pouls de l'affection, bien qu'il soit si léger encore que nulle autre touche que la sienne ne pourrait le saisir.

Edouard était encore passionné, tendre et admirateur; et quand il lui prodiguait tous les petits soins, toutes les attentions délicates que réclamait sa position, ou qu'il caressait avec orgueil son fils si beau, elle se sentait satisfaite et heureuse. Mais quand elle vit que les attractions du monde agissaient aussi fortement, même quand elle ne pouvait plus l'y accompagner, et qu'il la quittait chaque jour pour leur céder, elle soupira, sans presque savoir pourquoi.

—Assurément, dit-elle, je ne suis pas si égoïste que de vouloir le priver de tout plaisir, parce que je ne saurais en jouir avec lui. Et pourtant, autrefois il me disait qu'il n'y avait pour lui nul plaisir là où je n'étais pas. Hélas! est-ce donc vrai ce que j'ai souvent entendu dire que de tels sentimens ne peuvent durer toujours?

Pauvre Augusta! elle ignorait jusqu'à quel point elle avait raison de craindre. Elle ne voyait pas les tentations qui entouraient son mari dans les réunions où, à tous les stimulans de l'esprit et de l'intelligence, étaient souvent ajoutées les perfides excitations du vin, employé trop librement et trop fréquemment pour ne pas devenir fatales.

Déjà Edouard s'accoutumait à un degré d'excitation physique qui touchait aux premières limites de l'ivresse; cependant, fort de sa confiance en lui-même et égaré par les usages sociaux, il ne songeait point au danger. Le voyageur qui a passé au dessus des chutes du Niagara peut avoir remarqué la place où l'eau blanche et étincelante commence à laisser deviner la tendance descendante de son cours faible encore. Tout ci est éclat et beauté; et tandis que ces eaux glissent et dansent au rayon du soleil, elles semblent seulement inspirées par l'esprit d'une nouvelle vie, et non hâtées vers une chute fatale. Ainsi, la première approche de l'intempérance qui ruine à la fois le corps et l'âme, semble uniquement d'abord la légèreté et la fraîcheur ravissante d'une vie nouvelle, et l'insouciant voyageur sent sa barque onduler d'une sensation de délices, ignorant de l'inexorable hâte, de l'effrayante rapidité avec laquelle les eaux riantes l'emportent au delà de toute atteinte d'espoir ou de secours.

C'est à cette période de la vie d'Edouard qu'un ami judicieux et énergique aurait pu le sauver en lui signalant le danger que chacun apercevait autour de lui. Mais dans le cercle nombreux de ses connaissances, il ne s'en trouva pas un pareil. *Que chacun s'occupe de sa propre affaire,* telle était leur universelle maxime. Il est vrai que plus d'un secoua gravement la tête et que M. A. regretta avec M. B. qu'un jeune homme de si grande espérance semblât sur le point de se perdre. Mais ceux-ci n'étaient *nullement parens d'Edouard;* les autres trouvaient difficile d'aborder un sujet si délicat, par conséquent, suivant un précédent très ancien, « ils passèrent outre et de l'autre côté. » Cependant, c'était au buffet de M. A., toujours brillant des vins les plus choisis qu'il avait senti les premières excitations des stimulans extraordinaires; c'était dans la maison de M. B. que le club gastronomique avait commencé à tenir ses réunions, lesquelles, au bout de quelque temps, eurent lieu dans un hôtel public. C'est ainsi que l'homme sobre, régulier, discret, dont la constitution le préserve des excès, amène l'homme ardent et faible au bord même du précipice et s'étonne alors de son manque d'empire sur lui-même.

C'était par une froide soirée d'hiver; le vent soufflait bruyamment à travers les volets fermés du parloir dans lequel Augusta était assise. Tout ce qui l'entourait portait la marque de l'élégance et du comfort; des livres et des gravures splendides se faisaient voir de tous côtés; dans des vases du Japon des fleurs rares et coûteuses exhalaient leurs parfums, et des miroirs à l'encadrement magnifique multipliaient tous les objets. Tout parlait de luxe, de joie et de repos, excepté la physionomie triste et inquiète de la maîtresse du logis.

Il était tard, et, depuis de longues heures, elle veillait, attendant son mari avec anxiété. Elle regarda sa montre à répétition, toute brillante d'or et de diamans; elle y vit qu'il était plus de minuit; elle soupira en se rappelant les agréables soirées qu'ils avaient passées ensemble, et son regard tomba sur les livres qu'ils avaient lus, sur son piano, sur sa harpe, tous deux silencieux maintenant; elle pensa à tout ce qu'il avait dit et regardé dans ces jours où ils étaient tout l'un pour l'autre.

Elle fut tirée de cette rêverie mélancolique par un coup retentissant frappé à la porte de la rue; elle se hâta de l'ouvrir; mais elle recula à la vue du spectacle qui se présenta alors à ses yeux : — son mari porté par quatre hommes!

—Mort! Est-il mort? s'écria-t-elle avec angoisse.

—Non, madame, répondit un des porteurs; mais il vaudrait autant pour lui qu'il le fût que de vivre dans un tel état.

La vérité dans toute sa dégradante horreur se fit jour pour la première fois alors dans l'esprit d'Augusta. Sans aucune question, sans aucun commentaire, elle se dirigea vers le sopha du parloir sur lequel on déposa son mari.

Ensuite, elle congédia ceux qui lui avaient rapporté son mari, et quand le bruit des pas qui s'éloignaient cessa tout-à-fait de se faire entendre, elle revint au sopha où elle resta plongée dans un silence de stupéfaction, contemplant le visage de son époux privé de toute connaissance.

Tout le malheur de sa destinée se dressa à cet instant devant elle. Elle vit d'un seul coup d'œil la destruction de son propre bonheur, la ruine de ses enfans sans secours, l'avilissement et la misère de son époux. Comme celui qui s'enfonce et se débat dans l'eau jette un dernier et vertigineux regard aux verts rivages où brille le soleil, aux arbres éloignés qui semblent glisser devant ses yeux, ainsi toutes les scènes de ses jours heureux passèrent en un moment devant elle, et elle gémit tout haut dans l'amertume de son esprit.

— Grand Dieu! secourez-moi! secourez-moi! s'écria-t-elle. Sauvez-le, sauvez mon époux!

Augusta était une femme d'une énergie et d'un courage peu communs, et quand le premier éclat de sa poignante angoisse fut passé, elle se résolut à ne pas manquer à son mari et à ses enfans dans une si terrible crise.

— Quand il s'éveillera, se dit-elle, je veux l'avertir et l'implorer; j'épancherai toute mon âme pour le sauver. Mon pauvre mari, vous avez été égaré, trahi. Mais vous êtes trop bon... trop généreux... trop noble pour être sacrifié sans lutte.

Ce ne fut que tard dans la matinée que commença à se dissiper la stupeur dans laquelle Edouard était plongé. Il ouvrit lentement les yeux, tressaillit brusquement, regarda avec empressement autour de la chambre, jusqu'à ce que son regard rencontrât le fixe et triste regard de sa femme. Le passé lui revint alors tout-à-coup en mémoire et la rougeur de la honte passa sur son visage. Il y eut un mortel et solennel silence, jusqu'à ce qu'Augusta, cédant à son angoisse, se jetât dans ses bras en pleurant.

— Ainsi vous ne me haïssez pas, Augusta? dit-il avec tristesse.

— Vous haïr — oh! jamais! Mais dites-moi, Edouard... Edouard qui vous a entraîné?

— Ma femme, vous avez promis autrefois d'être mon ange gardien dans le sentier de la vertu... Vous l'êtes et le serez toujours. Oh! Augusta, vous avez assisté à un cruel spectacle que vous ne reverrez plus jamais... jamais... jamais... Car Dieu me sera en aide! dit-il en levant les yeux vers le ciel avec une ferveur solennelle.

Augusta, en contemplant ce noble visage, cette ardente expression de sincérité et de remords, ne douta pas que son mari ne fût sauvé. Mais le plan de réformation conçu par Edouard avait un grand défaut. Il consistait purement dans l'intention de modification et de retranchement et non d'entier abandon. Il ne comprenait point qu'il fut nécessaire de rompre entièrement avec les associations et les plaisirs où il avait rencontré la tentation. Il ne considérait pas que, quand le cours tempéré du sang et l'équilibre des nerfs ont été une fois détruits, il existe toujours ensuite une double et quadruple tendance qui souvent met un homme à la merci de la première chance de chute. Il continua à user de stimulant en quantité suffisante pour prévenir le retour d'un état calme et sain de l'esprit et du corps et pour rendre nécessaire une perpétuelle surveillance sur lui-même.

C'est une grande erreur, celle qui consiste à ne donner le nom d'intempérance qu'à ce degré d'excitation physique qui dompte complètement les forces de l'esprit. Il y a un état d'irritabilité nerveuse résultant de ce qu'on appelle incitation modérée, qui souvent précède de loin celui-ci et est, à son égard, comme les avertissemens préparatoires du fatal choléra, un coup funeste porté aux forces vitales et sous lequel elles peuvent, à tout moment succomber dans un irrémédiable écroulement.

C'est dans cet état, souvent, que le démon du jeu ou des spéculations hasardeuses naît de l'avidité maladive d'un système constamment surexcité. Non satisfait par la saine et régulière routine des affaires et les lois d'une prospérité solide et graduelle, l'imagination inconstante et sans cesse stimulée conduit son esclave aux risques les plus dangereux, avec l'alternative d'un gain illimité ou d'une épouvantable ruine. Et lorsque, comme cela n'a lieu que trop souvent, c'est à la ruine qu'on arrive, l'intempérance sans frein est le ressort maudit employé pour conjurer le délire du désappointement et du désespoir.

Tel fut le cas du malheureux Edouard. Ayant perdu tout intérêt pour des affaires régulières, il risqua tout son bien dans une brillante entreprise alors en vogue, et quand il vit arriver une crise qui le menaçait de la ruine et de la misère, il eut recours alors au fatal stimulant que, hélas! il n'avait jamais complètement abandonné.

A cette époque, il passa quelques mois dans une ville voisine, loin de sa femme et de sa famille, pendant lesquels l'insidieuse puissance de la tentation s'accrut chaque jour par les efforts qu'il faisait pour soutenir, par des stimulans artificiels, la défaillante vigueur de son esprit et de son système nerveux.

Il vint enfin le coup qui renversa à la fois ses brillans songes et sa prospérité réelle. La fortune considérable que sa femme lui avait apportée s'évanouit en un moment de telle façon qu'à peine une portion très faible lui en resta entre les mains. De la ville éloignée où il s'était rendu pour surveiller ses opérations, il écrivit ainsi à sa femme trop confiante :

« Augusta, tout est perdu! Ne comptez plus sur
» votre époux... Ne croyez plus à ses promesses, car
» il est perdu pour vous et pour lui. Augusta, nous
» sommes ruinés; *notre* fortune que j'ai aveuglément
» risquée est totalement engloutie. Mais est-ce là le
» pire? Non, non, Augusta, je suis perdu..... perdu
» corps et âme et aussi complétement que les richesses
» périssables que j'ai dissipées. Autrefois, j'avais de
» l'énergie... de la santé... du nerf... de la résolution;
» mais tout est fini : oui, oui, j'ai cédé... je cède jour-
» nellement à ce qui est à la fois mon tourment et mon
» refuge temporaire contre l'intolérable misère. Vous
» vous rappelez l'heure malheureuse où vous apprîtes
» pour la première fois que votre mari était un ivro-
» gne. —Votre regard dans cette triste matinée... oh!
» que ne puis-je l'oublier à jamais!—Cependant, aveu-
» gle et confiante que vous étiez, combien vite revint
» votre espoir mal placé dans mon retour. Vain es-
» poir! j'étais alors déjà incapable de toute guérison...
» alors déjà, l'ombre et les ténèbres avaient placé sur
» moi leur sceau pour toujours.

» Hélas! ma femme, mon incomparable femme, pour-
» quoi suis-je votre mari? Pourquoi suis-je le père des
» enfans que vous m'avez donnés? Y a-t-il rien dans
» votre amabilité sans égale... rien dans l'innocence
» de nos pauvres petits qui soit assez puissant pour
» me racheter? Non, Augusta, vous ne connaissez pas
» l'horrible morsure, l'intolérable agonie de cette ty-
» rannique passion. Je marche en songeant à mon
» cher logis, à mes hautes espérances, à mes orgueil-
» leuses ambitions, à mes enfans, à ma femme bien
» aimée, à mon âme immortelle... Je sens que je sa-
» crifie tout.. je le sens jusqu'à en sécher de douleur
» et d'angoisse; mais l'heure arrive... l'heure brûlante
» et *tout est en ruine*. Je ne retournerai plus vers vous,
» Augusta. Le peu de bien que j'ai sauvé, je vous l'en-
» voie; vous avez des amis, des parens... surtout, vous
» avez une force d'esprit, une capacité de résolution
» active au dessus de la portée ordinaire des femmes
» et vous ne devez pas rester attachée, vous vivante,
» à celui qui est mort. A parler vrai, vous souffrirez
» pour rompre ainsi les liens qui nous unissent; mais
» soyez résolue, car vous souffririez davantage à con-
» templer de jour en jour les lents progrès que la mort
» et que la ruine font chez votre pauvre mari. Vou-
» driez-vous rester près de moi, pour voir s'évanouir
» chaque vestige de ce que vous avez aimé; pour en-
» durer le caprice, l'humeur sombre, la colère déli-
» rante d'un homme qui a perdu tout empire sur lui-
» même? Voudriez-vous faire de vos enfans, en les
» initiant à ce triste intérieur, des victimes et des
» compagnons de souffrances? Non, sombre et horri-
» ble est mon sentier! Je veux le parcourir seul, et
» personne ne doit m'y suivre.

» Dans quelque retraite paisible vous pourrez con-
» centrer vos puissantes affections sur vos enfans et

» les élever pour remplir, dans votre cœur, la place
» qu'un indigne mari a abandonnée. En vous quit-
» tant maintenant, je vous laisse le souvenir de ce que
» j'ai été... Vous m'aimerez et vous pleurerez ma
» mort; mais si vous revenez avec moi, votre amour
» sera vite usé; je deviendrai pour vous un objet de
» dégoût et de répugnance. Ainsi, adieu ma femme;...
» mon premier, mon meilleur amour, adieu! En me
» séparant de vous, je me sépare de l'espérance.

   » Et avec l'espérance, adieu crainte,
 » Adieu remords : tout bien est perdu pour moi!
 » Mal sois mon Dieu!

» Ce sont là de sauvages paroles, mais elles con-
» viennent à ma triste position; ne me cherchez pas,
» n'écrivez point, rien ne peut me sauver. »

Ainsi abruptement commençait et finissait la lettre
qui conviait Augusta aux funérailles de ses espérances.
Il y a des momens d'angoisse où le cœur le plus man-
dain est forcé de s'élever à Dieu, comme l'eau, pressée
par un poids très lourd, remonte à regret dans l'espace laissé libre. Augusta avait été une femme géné-
reuse, courageuse, affectionnée, mais elle avait vécu
entièrement pour ce monde. Son premier bien avait été
son mari et ses enfans. Elle avait placé en eux son orgueil, son espoir, son avenir. Forte de ses propres ressources, elle n'avait jamais senti le besoin d'invoquer
un pouvoir supérieur pour en obtenir bonheur ou secours. Mais quand cette lettre tomba de sa main tremblante, elle sentit son cœur défaillir à de si amères ré-
vélations.

Dans son désespoir, elle s'éleva jusqu'à Dieu.

— Pourquoi vivrais-je maintenant ?

Tel fut le premier sentiment de son cœur.

Mais elle réprima cette impulsion d'égoïste agonie,
elle implora l'assistance du Tout-Puissant pour venir en
aide à sa faiblesse, et de là commença cette connaissance pratique des vérités et des espérances de la religion qui changea entièrement son caractère. La possibilité d'une aveugle et confiante idolâtrie pour aucun
objet terrestre fut détruite par la perte de son mari et
avec l'énergie d'une âme désolée, elle se jeta sous la
garde d'un tout puissant protecteur. Elle suivit son
mari à la ville où il était allé, elle le trouva et essaya
vainement de le sauver.

Il y eut les habituelles alternatives de réformes pas-
sagères trop tôt abandonnées, et excitant des espérances qui ne devaient pas tarder à être détruites. Il y
eut la déchéance graduelle du corps, le déclin des sentimens et des principes moraux... la lente, mais sûre
approche de l'*animalisme* dégoûtant qui marque les
progrès de l'ivrognerie.

Quelques années après, une petite habitation presque en ruines des environs de la ville d'A... , recevait
une nouvelle famille. Elle consistait en quatre enfans
dont la pâle et sauvage physionomie, la manière d'être
morne et triste témoignaient d'une initiation précoce
à la misère et au chagrin. Puis venait la mère flétrie et
négligée, dont les yeux sombres et mélancoliques, les
joues décolorées et les lèvres crispées semblaient raconter tout un long poëme d'années cruelles, anxieuses
et résignées. Puis le père, au visage hagard, au pas
incertain dont l'air insensible, insouciant, trahissait
une longue familiarité avec la dégradation et le vice.
Qui donc ayant vu Edouard Howard dans le matin et
la fraîcheur de ses années, l'aurait reconnu dans ce
misérable père et époux ? Qui donc, dans cette femme
épuisée et rompue par le malheur, aurait reconnu cette Augusta si belle , si brillante et si accomplie ? Et
cependant de tels changemens ne sont pas de pures
imaginations; plus d'un cœur brisé et abreuvé d'amertume pourrait au besoin le certifier.

Augusta était venue avec son mari se réfugier dans
une ville où ils étaient totalement inconnus, afin de
pouvoir, du moins, d'échapper à la dégradation de leur
sort en présence de ceux qui les avaient connus dans
des jours meilleurs. Le long et affreux combat qui
avait anéanti toutes les espérances de sa vie et reporté
ses sentimens vers l'espoir d'une vie prochaine, et surtout l'habitude des communications avec Dieu, amenée
par ces chagrins que nul autre ne pouvait consoler,
avaient donné à son caractère une tendre dignité, telle
que nul autre ne la pourrait répandre.

La pauvreté, la pauvreté la plus profonde avait suivi leurs pas , et cependant Augusta n'avait point flé-
chi. Des talens qui , dans des jours plus heureux , a-
vaient été cultivés par elle simplement comme le luxe
de l'existence , étaient maintenant développés jusqu'à
leur point extrême pour servir de ressources ; tandis
que, grâce à son instruction et à ses lectures, elle trouvait en elle-même de quoi jeter les semences d'éducation première dans l'esprit de ses jeunes enfans.

Augusta était arrivée dans ce lieu depuis plusieurs
semaines quand sa trace fut découverte par son unique frère , qui avait tout récemment appris sa situation, et qui l'avait déjà fortement invitée à abandonner son indigne époux pour se réfugier chez lui.

— Augusta, ma sœur, je vous ai donc enfin retrou-
vée ! s'écria-t-il en paraissant tout-à-coup un jour auprès d'elle, tandis qu'elle était occupée à travailler
pour sa famille.

— Henri, mon cher frère!

Un éclair passager illumina ses traits lorsqu'elle pro-
nonça ces mots, mais cette joie s'éteignit bientôt et
elle reprit son attitude morne et résignée en jetant un
regard sur son misérable entourage.

— Je vois ce qui en est, Augusta , vous vous en-
foncez pas à pas, entraînée à votre perte par un vain
sentiment de devoir envers celui qui n'est plus digne
de vous. Je ne saurais supporter cela plus longtemps;
je suis venu pour vous emmener avec moi.

Augusta se détourna et regarda pensivement au dehors. Sur ses traits on eût pu lire toute sa pensée, leur
expression passa graduellement de leur caractère habituel de douceur et de tristesse résignée à celui de
l'angoisse la plus aiguë.

— Henri, dit-elle enfin en se tournant vers lui, jamais une femme peut-être ne goûta le bonheur que
j'ai goûté près de lui. Comment pourrais-je l'oublier?
De tous ceux qui l'ont connu autrefois, qui ne l'aimait
et ne l'admirait? Ils l'ont tenté et entraîné; moi-même
je l'ai poussé dans la route du danger. — Il tomba, et
il n'y eut personne pour le relever. Je m'efforçai de
l'exciter à la réforme; il promit, il promit encore, prit
de sincères résolutions, et commença même à les mettre en pratique. Mais ils le tentèrent encore... et même ses meilleurs amis; oui, et cela lorsqu'ils connaissaient sa faiblesse et le danger qui le menaçait. Ils le
conduisirent aussi loin *qu'eux;* ils pouvaient aller sans
risque; et quand l'ébranlement de son tempérament
plus excitable l'emporta hors des limites de la modération et de la bienséance, ils s'arrêtèrent et se mirent
froidement à s'étonner et à se lamenter. Combien de
fois fut-il ainsi attiré par de perfides amis à des chutes
humiliantes; puis, poussé jusqu'au désespoir par les
froids regards, les détournemens de tête et les cruels
ricanemens de ceux dont le tempérament plus calme
et le sang plus froid les préservaient des piéges où ils
le voyaient enlacé? Que fût-il arrivé si, moi aussi, je
l'avais abandonné? Quel compte aurais-je à rendre à
Dieu ?

C'est lorsqu'un homme est délaissé de tous que l'a-
mitié conjugale doit se trouver liée par le sceau le plus
sacré. Je suis sa femme, et mon affection lui sera fi-

dèle jusqu'à la fin. Henri, quand je le quitterai, je sais que sa ruine éternelle sera consommée. Je ne puis le faire maintenant... un peu plus tard ; ce moment doit venir, je le crains. Je sais que mon devoir envers mes enfans me défend de les garder ici ; emmenez-les... Ils étaient ma dernière joie sur cette terre, Henri... Cependant il faut que vous les emmeniez.

Il le faut... Oh ! mon Dieu ! peut-être *faudra-t-il* anssi que je les suive bientôt ; mais ce ne sera pas sans avoir lutté une fois encore. Qu'est cette vie présente pour un être qui a souffert autant que moi ? Rien. Mais l'éternité ! Oh ! Henri, l'éternité ! Comment pourrais-je l'abandonner au désespoir sans fin ! J'ai supporté le déchirement de mon cœur. J'ai supporté tout ce qui peut éprouver une femme ; mais cette pensée....

Elle s'arrêta et sembla lutter contre elle-même ; enfin, vaincue par un reflux d'angoisses, elle courba sa tête sur ses mains, les larmes jaillirent à travers ses doigts et des sanglots convulsifs secouèrent son corps épuisé.

Son frère pleura avec elle ; il n'osa plus revenir sur un projet si vaillamment, si solennellement débattu. Le lendemain, Augusta se séparait de ses enfans, espérant quelque chose de l'impression que leur absence produirait peut-être dans le cœur de leur père.

Quelques jours après cette scène, Augusta se présentait un soir à la porte du riche M. L..., dont l'habitation princière était l'un des ornemens de la ville d'A... Ce ne fut qu'en entrant dans un salon somptueux qu'elle reconnut dans M. L... une personne qu'elle et son mari avaient fréquemment rencontrée dans les cercles brillans de leur ancienne vie. Elle était tellement changée, que M. L... ne la reconnut pas ; mais, avec une compassion pleine de courtoisie, il lui présenta un siége et la pria d'attendre le retour de sa femme, qui ne tarderait pas, lui dit-il, à rentrer. Se retournant alors, il reprit sa conversation avec un de ses amis.

— Vraiment, Dallas, dit-il, vous êtes absolu jusqu'à l'exagération en cette matière. La société ne saurait être réformée par les efforts de chacun de nous pour conduire son voisin, mais par le soin que tout homme doit prendre de se conduire lui-même. C'est vous, c'est moi, mon cher monsieur, qui devons commencer la réforme par nous ; chacun doit faire de même et alors la société deviendra effectivement meilleure. Cette moderne méthode, qui consiste à veiller sur l'âme de son voisin le plus proche, me paraît tout à fait contraire au but que l'on voudrait atteindre ; elle fait beaucoup de bruit et peu de besogne.

— Mais en supposant que votre voisin ne se sente aucune disposition pour l'œuvre de son perfectionnement moral.... Eh bien ?

— Eh bien ! cela le regarde, et non pas moi. Ce que mon Créateur m'ordonne, c'est de faire mon devoir et non de m'agiter au sujet de mon voisin.

— Mais, mon ami, c'est là justement la question. Quel est le devoir que votre Créateur exige de vous ? Ce devoir ne comprend-il pas quelque égard pour votre voisin, quelque soin et quelque pensée de son intérêt et de son amélioration ?

— Eh bien , j'arrive à ce but en lui donnant de bons exemples. Et je n'entends pas comme vous le bon exemple,—c'est à dire que je ne pense pas que je doive m'abstenir de boire du vin parce que cela peut conduire mon voisin à boire de l'eau-de-vie , ni que je doive m'abstenir de manger parce qu'il peut se donner des indigestions et devenir dyspepsique ; mais je pense que je dois user de mon vin et de toute autre chose modérément et décemment, et lui donner ainsi un bon exemple.

Le retour de Mme L... interrompit cette conversation, qui rappela vivement à l'esprit d'Augusta les jours où elle et son mari pensaient et s'exprimaient ainsi.

Ah ! combien ces sentimens lui paraissaient maintenant, à elle, solitaire, sans appui, abandonnée, femme d'un mari dégradé, mère d'enfans orphelins . différens de ce qu'ils lui semblaient quand, tranquille au milieu du bien-être, de la richesse, des douces et heureuses affections , elle répétait sans réflexion cette phraséologie commune : « Pourquoi se mêler de ce qui » concerne le voisin ? Que chacun s'occupe de ses pro» pres affaires. »

Augusta reçut en silence de Mme L... la fine étoffe sur laquelle devait s'exercer son talent, et puis elle se retira.

— Ellen, dit M. L. à sa femme, cette pauvre femme doit avoir quelque grand chagrin. Vous ferez bien d'aller la voir de temps en temps pour savoir s'il y a quelque chose à faire pour elle.

— C'est singulier ! dit Mme L... en la regardant, je n'ai cessé de penser à Augusta Howard. Vous la rappelez-vous, mon cher ?

— Oui, la pauvre femme ! et son mari aussi. C'est une triste histoire que celle d'Edouard Howard. J'ai entendu dire que le goût du vin l'avait perdu, qu'il était devenu un ivrogne, un misérable. Qui l'aurait pensé ?

— Vous devez vous en souvenir, mon cher, dit Mme L..., je le prédis, six mois avant qu'on en parlât. Vous souvenez-vous, au grand repas que vous donnâtes après la noce de Mary, il s'était tellement échauffé qu'il était tout au plus resté dans les limites des bienséances. Je remarquai qu'il prenait une mauvaise route. Mais c'était une créature si excitable que deux ou trois verres suffisaient pour le mettre hors de lui, tandis que George Elden avale ses six ou douze verres sans que personne s'en doute.

— Oui, c'est bien triste, répondit M. L..., Howard valait mieux qu'une douzaine de George Elden.

— Ne pensez-vous pas, dit alors Dallas, qui s'était tenu à l'écart et avait écouté cette conversation en silence, que s'il eût vécu dans un monde où la coutume générale eût été de bannir toute boisson stimulante, il n'aurait pas succombé ainsi ?

— Je ne sais, dit M. L., peut-être que non.

M. Dallas était un homme doué de fortune et de loisir et d'un caractère ardent et enthousiaste. Ce dont il s'occupait s'emparait de toute son âme, et depuis plusieurs années il avait livré son esprit à de philanthropiques projets pour l'amélioration de ses semblables.

Dans ses charitables excursions, il avait souvent passé devant la demeure d'Edouard, et avait éprouvé un intérêt profond à la vue de cette femme pâle et résignée accomplissant ses devoirs d'épouse et de mère. Il s'était mis en rapport avec elle au moyen de ses enfans, et, de manière ou d'autre, il avait appris quelques particularités de leur histoire qui avaient éveillé en lui une profonde pitié. Il n'y avait qu'un esprit hardi et confiant comme le sien qui pût concevoir l'idée de remédier à une misère aussi désespérée par la réforme de celui qui en était la cause.

Tel était pourtant le projet qui l'occupait alors. Les remarques de M. et de Mme L... le portèrent à rassembler ses souvenirs et ses observations, et il trouva bientôt que celui dont il avait résolu d'entreprendre la guérison était ce même Edouard Howard, dont toute l'histoire se déroula alors à ses yeux. Il apprit une foule de détails de la bouche des anciens amis de son protégé sans leur découvrir son projet, et il les quitta encore plus décidé à mettre à exécution son plan charitable.

Il guetta un moment où Edouard ne fût pas sous l'influence honteuse de la boisson, et ce moment arriva lorsque la perte de ses enfans eut rappelé en lui quelques restes de son bon naturel. Il essaya alors graduellement et avec bonté de toucher le ressort de son esprit et d'éveiller sa sensibilité éteinte.

— C'est en vain, M. Dallas, que vous me parlez ainsi, disait Edouard un jour que, avec la puissante éloquence du cœur, il lui développait les motifs qui devaient le déterminer à la réforme; c'est comme si vous essayiez de réclamer l'âme dont l'enfer a fait sa proie. Croyez-vous, continua t-il d'un ton brusque et sauvage, croyez-vous que je ne sache pas tout ce que vous pouvez me dire? Je le sais par cœur, Monsieur, personne plus que moi ne serait capable de discourir sur ce sujet. Je sais tout… je crois tout… comme les damnés croient et tremblent.

— Mais pour vous, dit M. Dallas, il y a encore de l'espoir; vous n'êtes pas résolu sans doute à vous perdre à jamais.

— Et qui donc êtes-vous, pour me parler ainsi? dit Edouard, sortant de son désespoir morne et élevant vers son consolateur un regard de curiosité, sinon d'espoir.

— Le messager de Dieu auprès de vous, Edouard Howard, dit Dallas en fixant sur lui avec solennité son œil perçant; auprès de vous, Edouard Howard, qui avez foulé aux pieds talens, espérance et fortune, qui avez flétri le cœur de votre femme et réduit à la mendicité vos enfans innocens. Près de vous, je suis le messager de votre Dieu… Par moi, il vous offre la santé, l'espoir, le respect de vous-même et l'estime de vos semblables. Vous pouvez guérir le cœur brisé de votre femme et rendre un père à vos enfans sans soutiens. Pensez-y, Howard, si cela était possible? Supposez-le seulement : si vous pouviez redevenir un homme aimé et respecté comme vous le fûtes autrefois, avec une heureuse maison, une épouse joyeuse et de sourians petits enfans autour de vous? Songez comment vous pourriez dédommager votre femme de toutes les larmes qu'elle a versées! Qui vous empêche de regagner tout cela?

— Ce qui empêchait l'homme riche d'entrer dans le ciel… *Entre nous, il y a un large gouffre béant*, ce gouffre existe entre moi et tout ce qui est bon. Ma femme, mes enfans, mon espoir du ciel, tout cela est de l'autre côté.

— Mais on peut traverser ce gouffre : Howard, que donneriez-vous pour être un homme sobre?

— Ce que je donnerais? dit Howard…

Il songea un moment, puis il fondit en pleurs.

— Ah! je vois ce qu'il vous faut, dit Dallas; vous aviez besoin d'un ami, et Dieu vous en a envoyé un.

— Que pouvez-vous pour moi, M. Dallas? dit Edouard en s'étonnant de la confiance et de l'assurance de cet ami inattendu.

— Je vais vous le dire, je puis vous prendre dans ma maison, vous donner une chambre, et veiller sur vous jusqu'à ce que les plus fortes tentations soient passées… Je puis encore vous créer des occupations qui vous manquent. Je puis faire pour vous, enfin, tout ce qui doit être fait, si vous voulez vous abandonner à mes soins.

— Oh! Dieu de miséricorde! s'écria le malheureux Edouard, y a-t-il donc encore quelque espoir pour moi? Je ne puis le croire possible; mais conduisez-moi où il vous plaira, je consens à vous obéir.

Quelques heures suffirent au transport de l'époux d'Augusta dans l'un des appartemens retirés de l'élégante habitation qu'occupait M. Dallas. Il y trouva sa femme, inquiète et reconnaissante, qui l'attendait en gardienne vigilante.

Un traitement médical bien entendu, un exercice salutaire, une occupation utile, une nourriture simple et de l'eau pure pour boisson, telles furent les bases du régime que Dallas imposa à son hôte, en tâchant, par son affectueux accueil et sa politesse cordiale, d'adoucir pour lui la rigueur de son emprisonnement temporaire.

Pendant quelque temps, la suspension soudaine des stimulans accoutumés produisit une réaction terrible, et le malheureux patient suppliait avec larmes qu'il lui fût permis d'abandonner l'entreprise. Mais la fermeté inflexible de Dallas et les tendres exhortations de sa femme prévalurent. Il est vrai que s'il fut sauvé, on peut dire qu'il passa par l'épreuve du feu, car la fièvre, accompagnée d'un long et effrayant délire, le conduisit presque sur le bord de la tombe.

Mais enfin la lutte entre la vie et la mort arriva à sa fin, et bien qu'elle le laissât étendu sur un lit de douleurs, faible et épuisé, cependant il reprit possession de ses facultés mentales et commença à s'apercevoir du retour de la santé. Que celui qui a mené son ami au tombeau et connaît les défaillances qui saisissent le cœur en soupirant après lui, chaque jour, imagine la joie délirante qui s'empara d'Augusta quand elle revit dans Edouard l'époux depuis si longtemps perdu pour elle. Il lui sembla que la tombe venait de lui rendre un mort.

— Augusta, dit-il faiblement, lorsque, après un long et paisible sommeil, il s'éveilla n'ayant plus le délire; Augusta, je suis racheté…. je suis sauvé… Je sens que je suis régénéré entièrement.

Le grand cœur d'Augusta se fendit à ces paroles. Elle trembla et elle pleura. Son époux pleura aussi, et il reprit après quelques instans de silence :

— C'est plus pour moi que d'être rendu à cette vie… Je sens que c'est le commencement de la vie éternelle. C'est le Sauveur qui est venu me chercher, et je sais qu'il peut me préserver de toute nouvelle chute.

Mais nous jetterons un voile sur cette scène que des paroles ne pourraient réussir à peindre.

— Je vous prie, Dallas, dit M. L… un jour, quel est le beau jeune homme que j'ai rencontré ce matin dans votre bureau? Il me semble que sa figure ne m'est pas inconnue.

— C'est M. Howard, un jeune jurisconsulte auquel j'ai confié plusieurs affaires.

— C'est étrange!… c'est impossible! dit M. L…. Assurément ce ne peut être le Howard que j'ai connu autrefois?

— Je crois que c'est lui, répondit M. Dallas en souriant.

— Eh! quoi, je pensais qu'il était mort et enterré depuis longtemps, par suite de son intempérance.

— Il n'était pas mort, mais il n'en valait guère mieux; peu de gens sont tombés plus bas; mais maintenant il promet de surpasser toutes les espérances qu'il donnait autrefois.

— C'est étrange! Eh bien! Dallas, qui a donc amené en lui ce changement?

— Il m'est assez difficile de vous raconter comment cela s'est fait, M. L…., car cette conversion n'a pas eu lieu sans que quelqu'un eût pris sur lui, en cette occasion, de se mêler des affaires des autres. Pour en finir, le jeune homme est tombé dans le chemin d'un de ces gens qui se mèlent de tout, [qui vont rôdant partout, distribuant des paperasses, formant des sociétés de tempérance et pratiquant toutes sortes de machinations.

— Allons, allons, Dallas, dit M. L… souriant; tout cela ne me donne que plus d'envie d'entendre l'histoire.

— Accompagnez-moi d'abord à cette maison, dit

Dallas en s'arrêtant à la porte d'une petite habitation proprette. Ils furent bientôt dans le parloir. La première chose qu'ils virent, ce fut Edouard Howard qui, les joues animées par l'exercice, faisait sauter sur ses genoux un florissant petit garçon , tandis qu'Augusta suivait tous ses mouvemens , le visage souriant et radieux.

— M. et Mme Howard, voici M. L..., une vieille connaissance, je crois.

Il y eut un moment de surprise et d'embarras mutuels bientôt dissipés cependant par la franche cordialité d'Edouard. M. L. s'assit; mais il avait peine à détourner ses yeux de la physionomie d'Augusta , dans le visage éloquent de laquelle il reconnaissait une beauté d'un caractère plus élevé que celle dont elle était ornée dans ses jours de juvénile éclat.

Il promena ses regards autour de l'appartement. Il était meublé simplement, mais avec goût et était empreint d'un confortable cachet de paix intérieure et de bonheur domestique. Il y avait des livres, des gravures et des instrumens de musique. Par dessus tout, on y voyait quatre beaux et heureux enfans pleins de vie et de santé qui s'occupaient de leurs études ou de leurs jeux à l'autre bout de la chambre.

Après une courte visite, les deux amis se retirèrent.

— Dallas, vous êtes un heureux homme, dit M. L., en prenant congé du sauveur d'Edouard ; cette famille sera pour vous une mine de diamans.

Il avait raison, car l'Ecriture nous dit :

« Les bons brilleront comme la lumière du firma-
» ment, et ceux qui convertirent un grand nombre de
» leurs frères brilleront comme les étoiles dans tous
» les siècles des siècles. »

FIN.

J'ai maintenant achevé ma tâche de traducteur; la physionomie touchante d'Augusta Howard est la dernière esquisse que renferme ce petit volume.

Dans ce recueil, curieux début d'une femme de cœur et d'esprit à qui l'avenir réservait l'un des plus éclatans succès de l'époque, se trouvent déjà les qualités naturelles qui la distinguent : la simplicité, la pureté, qualités malheureusement rares dans notre littérature sensualiste, blasée, pour qui l'art et les corruptions du siècle n'ont plus de mystères.

Cette fleur américaine, aux parfums exotiques, n'a que de saines émanations ; c'est pourquoi nous l'avons offerte à nos lectrices. Sans doute, à travers le plaisir avec lequel elles l'ont accueillie , elles auront senti, comme nous, qu'il manquait la greffe efficace du catholicisme à cet esprit avide du bien et se débattant, à l'aide des maximes évangéliques, contre l'individualisme étroit qui résulte de ce protestantisme où chacun s'établit juge dans sa propre cause. La partie spéculative et doctrinale des ouvrages de Mme Stowe se compose d'aspirations vers des perfectionnemens que nous savons bien, nous, ne pouvoir se réaliser qu'au moyen du catholicisme qui seul inspire le véritable esprit de renoncement, de dévouement, d'humilité , d'abnégation, de mortification , et, par suite, de parfaite charité, car il n'y a pas de charité sans sacrifice.

Le prêtre catholique et la sœur de charité, ces deux personnifications admirables de la foi et du renoncement, qui élèvent la nature humaine au dessus d'elle-même, manquent à cette société partagée, décousue, divisée en une infinité de sectes différentes, et dont Mme Stowe ne nous a montré qu'une des plaies dans son éloquent plaidoyer contre l'esclavage.

L'Amérique, nous le croyons, appelée à jouer à son tour un grand rôle dans cette œuvre de civilisation qui s'élabore depuis deux mille ans par la vertu du christianisme, n'accomplira ses hautes destinées qu'en se ralliant à la grande unité romaine. Après avoir secoué le joug politique et commercial de l'Angleterre qu'elle déchire les langes dans lesquels cette tyrannique métropole enveloppa dès le berceau son esprit par l'hérésie d'Henri VIII, et elle verra quels progrès intellectuels s'accompliront dans son sein.

Jusqu'alors, nous en sommes convaincue, c'est en vain que Mme Stowe attendrira les cœurs et s'efforcera de soulever les esprits contre les abus que défendent et protégent les intérêts privés et publics; c'est en vain qu'elle invoquera les sociétés de tempérance , les associations charitables, les sociétés bibliques et les assurances mutuelles contre les entraînemens et les excès; elle pourra satisfaire et même passionner les individus portés au bien, mais la réforme des masses ne sera point accomplie.

Mme SOPHIE DES NOS.

Paris, imprimerie de Poussielgue, Masson et Cⁱᵉ, rue Croix-des-Petits-Champs, 29.